# HERCULE

Du même auteur :

– *« Les Survivants de Troie »*
Tome 1 : Le Prince sans couronne
Tome 2 : La Forteresse des oracles

– *« Odyssée »*
Tome 1 : La Malédiction des pierres noires
Tome 2 : Les Naufragés de Poséidon
Tome 3 : Le Sortilège des ombres
Tome 4 : La Guerre des dieux

– *« Terre Noire »*
Tome 1 : Les Éxilés du Tsar
Tome 2 : Le Bras de la vengeance
Tome 3 : Les Héritiers du secret

– *« Chasseur Noir »*
Tome 1 : Chasseur Noir
Tome 2 : Le Cérémonial des ombres
Tome 3 : L'Enchanteur de sable

– *« L'Agence Pinkerton »*
Tome 1 : Le Châtiment des hommes-tonnerre

MICHEL HONAKER

# HERCULE

L'HÉRITIER DE LA FOUDRE

Flammarion

87, quai Panhard-et-Levassor – 75647 Paris Cedex 13
ISBN : 978-2-0812-4635-5

# PROLOGUE

*Nous les Parques, femmes des ténèbres, femmes sous les voiles blancs du savoir, nous, les trois sœurs qui détenons entre nos mains passé, présent, et futur, nous l'avons vu en songe, celui qui n'était pas encore conçu, celui que Zeus le Père voulait pour être supérieur, celui qui serait mi-homme, mi-dieu. Nous l'avons vu quand il n'était encore que pensée. Pas encore chair. Pas encore souffrance. Et nous avons deviné combien sa renommée s'inscrirait dans les siècles à venir.*

*Clotho, ma sœur, tu as tissé le fil de son existence hors du commun.*

*Lachésis, ma sœur, tu l'as mesuré à l'aune de ta baguette.*

*Et moi, Atropos, moi qui détiens le ciseau de pierre seul capable de la trancher, je reste dans l'attente du bon vouloir de Zeus, le maître des dieux, le Vainqueur des Titans, le Bâtisseur de l'Olympe. Car lui seul détient le pouvoir de retenir ma main. Et devant cet avenir incertain, mes pensées confuses se détournent malgré elles de ce qui devrait advenir pour ce qui fut.*

*Car le passé explique les choses de l'avenir.*

*Il est le sein de ce qui sera.*

*Et à la lumière des flammes de l'Érèbe, je l'invoque.*

CHAPITRE PREMIER

# LE MYCÉNIEN

En *Grèce, aux âges sombres de l'Humanité*

Était-il midi ? Était-il minuit ?

Un brouillard sombre avait dévalé à l'improviste les pentes du mont Hélicon, et après avoir longé les frontières du royaume d'Orchomène, se répandait à présent dans la plaine de Copaïs en absorbant toute lumière. Saisie d'inquiétude à la vue de cet inexplicable phénomène, la colonne de soldats s'immobilisa comme un seul homme au milieu des champs de blé et l'officier qui les menait interrogea le ciel d'un regard inquiet.

– Ô puissant Zeus, Maître de l'Olympe, murmura-t-il, fasse que cette nuit en plein jour ralentisse mes ennemis et me donne l'occasion de les surprendre.

Probablement devina-t-il une réponse à sa prière dans le ciel tourmenté, car un sourire intrépide s'esquissa sur ses lèvres minces qui fendaient sa barbe noire. Amphitryon le Mycénien, général de Thèbes, ne connaissait pas la crainte, hormis celle que pouvaient lui inspirer les dieux. Cet homme de haute taille, au front intelligent, dont la rumeur assurait qu'il avait été roi, un jour, avant d'être déchu de son trône, pressa sa compagnie de reprendre son avance.

– Qu'attendez-vous ? Il n'est pas question d'abandonner. Ces maudits Taphiens n'ont plus que très peu d'avance !

Les militaires se dévisagèrent, indécis. Ils appartenaient à la garde personnelle du roi Créon, et s'ils avaient bien reçu une formation militaire, ils étaient plus accoutumés aux défilés de parade qu'aux expéditions punitives comme celle-ci. Amphitryon tendit son bras vers la route qui retournait à la cité.

– Il en est parmi vous qui désirent retourner devant leur roi pour lui annoncer qu'un nuage de brume les a glacés de terreur ?

– Ce n'est pas de la brume, protestèrent certains d'entre eux. Nous n'avons jamais rien vu de tel. Regarde, général, c'est comme une mer qui envahit le ciel. Il fait nuit noire. Peut-être les dieux cherchent-ils à nous dissuader de poursuivre les Taphiens?

– Et s'ils désiraient les ralentir au contraire, rétorqua le Mycénien sans s'émouvoir, et nous donner l'avantage? Zeus préside aux nuées et ne m'a jamais fait défaut. Celles-ci obligeront nos ennemis trop chargés à ralentir.

Ce n'était pas la première fois qu'Amphitryon percevait le souffle favorable du Maître des dieux depuis qu'il avait décidé de cette expédition. N'avait-il pas ce matin franchi sans encombre les remous du fleuve Asopos, en découvrant par hasard un gué praticable là où un grand nombre des barbares qu'il pourchassait s'était noyé? Et ensuite, n'avait-il pas débusqué sans mal leur piste à travers champs ? Maintenant, ces vapeurs inexpliquées qui occultaient les rayons du jour ne pouvaient s'expliquer autrement à ses yeux que par la bienveillance du maître de l'Olympe... Pour quelles raisons obtenait-il ces faveurs, Amphitryon l'ignorait, mais en fin stratège, il voulait les mettre à profit pour accomplir sa vengeance.

Il se porta en queue de colonne et activa les hésitants en les poussant de son bouclier.

– Avancez, Thébains! les harangua-t-il. Passerez-vous pour des couards qui n'ont pas osé récupérer leurs biens volés? Laisserez-vous Argos, Sparte, et

Athènes se rire de votre lâcheté? Par le sang de Méduse, moi, de la maison de Persée, je vous ordonne de continuer!

Cette fois, la troupe reprit sa marche, tenaillée par le désir de venger l'affront de la nuit dernière. Car ces Taphiens, ces pirates voleurs de femmes et d'enfants, avaient commis l'irréparable en pénétrant dans Thèbes pour en dérober les meilleurs chevaux. Ils n'en étaient pas à leur coup d'essai. Débarqués de leurs navires rapides, ils avaient pour coutume de piller les côtes avec la soudaineté d'un nuage de sauterelles pour reprendre aussitôt la mer et se terrer sur leur île fortifiée : Taphos, ce nid de frelons imprenable. Là, ils jouissaient de leur butin en toute impunité en se riant du désespoir de leurs victimes. Et Thèbes, cette ville de gras bourgeois peu portés à la violence, et de surcroît privée d'armée, représentait l'une de leur cible favorite. Les greniers y étaient toujours pleins en abondance, perles et épices de valeur s'y échangeaient sur les places...

Pourtant, cette fois, ces barbares avaient commis une erreur fatale : non contents d'avoir volé les coursiers du roi Créon, ils s'étaient enfoncés dans les terres, entraînés par leur voracité. Avaient-ils l'intention de rançonner les fermiers en prime, ou de surprendre une caravane ? Impossible à dire, mais leur chef, Ptérélas, dont la prudence ne le disputait d'ordinaire qu'à la cruauté, avait pris là une dangereuse initiative en se coupant de ses navires. Ptérélas le Bourreau, Ptérélas l'Assassin. Amphitryon avait des raisons personnelles de vouloir sa mort, et la seule pensée de le tenir enfin à sa merci l'emplissait d'une exaltation qui décuplait ses forces.

La cohorte des Thébains atteignit la crête d'un vallonnement. En contrebas, le Mycénien aperçut les feux d'un bivouac en lisière d'une forêt, bien visibles dans l'étrange pénombre. Ainsi qu'il l'avait prédit, les Taphiens avaient ralenti leur avance. Surpris par cette nuit en plein jour, ils avaient fait halte et s'adonnaient déjà à la boisson et aux mets gras. Les chevaux volés avaient été rassemblés au pied d'un grand chêne... À la faveur des volutes tourmentées, Amphitryon et les siens se courbèrent pour glisser le long de la pente parmi les hautes herbes. Ils s'approchèrent à portée de javelot sans avoir été repérés. Le Mycénien donna ses ordres par signes convenus, dictant à son bataillon de se diviser en quatre groupes distincts pour mieux encercler l'ennemi, sans lui laisser aucune chance de s'enfuir par la forêt.

La nasse fut tissée en un clin d'œil, et, pour la première fois, les gardes de Créon, si peu destinés aux exploits guerriers, éprouvèrent l'excitation sublime de l'approche du combat. Leur sang se mit à bouillir dans leurs veines; les battements de leur cœur s'accélérèrent. La brume aux reflets d'orage estompait leurs silhouettes casquées, étouffait l'infime cliquetis de leurs boucliers. Un Thaphien à longs cheveux qui veillait auprès des chevaux prêta bien l'oreille un instant, mais il supposa que son ouïe avait été abusée, et reprit sa beuverie avec ses autres camarades comme si de rien n'était.

Amphitryon se dressa soudain de toute sa taille. À la seconde où il propulsait son javelot, un éclair déchira les limbes. Le cri de sa victime dégringolant de sa souche donna le signal de l'assaut général. Les quatre colonnes fondirent simultanément sur les barbares, telle la serre d'un épervier se referme sur sa proie. Engourdis par l'épuisement et le vin, les Taphiens n'eurent que le temps de se dresser mollement pour accueillir la mort. Les glaives de Thèbes tailladèrent leurs tuniques de cuir lacé et fracassèrent leurs maigres casques avec la furie d'une tornade. Ceux qui tentèrent de fuir furent promptement rattrapés et exécutés.

Son large bouclier mycénien soudé contre son torse, Amphitryon traversa le campement au pas de charge, abattant tout adversaire qui osait se dresser sur sa route. Épée au poing, il cherchait Ptérélas et ne le trouvait pas. Il allait maudire la ruse de cet adversaire insaisissable quand il l'aperçut soudain, pétrifié et méconnaissable, adossé à un gros rocher : Ptérélas au crâne chauve, le plus fort, le plus cruel de tous les pilleurs, semblait curieusement résigné à affronter son destin. Au dernier moment, dans un sursaut désespéré, il opposa mollement sa hache, que le Mycénien détourna sans peine avant de lui enfoncer son glaive dans sa poitrine. Ptérélas s'agrippa à lui en roulant des yeux, et marmonna quelque chose qui avait à voir avec la perfidie des dieux. Amphitryon n'en saisit pas le sens. Et d'ailleurs, il n'en avait que faire.

– Je suis le vengeur d'Alcmène, mon épouse, dont tu as tué les frères, murmura-t-il à l'oreille de l'agonisant. Rejoins-les dans l'Érèbe, le royaume des morts, et salue-les de ma part !

Quand le silence revint enfin, que la colère des hommes comme le tonnerre du ciel se furent apaisés, la combe jonchée de cadavres fumants offrait cet aspect hideux et dévasté de tous les champs de bataille, en même temps qu'une sorte de tranquillité singulière. Amphitryon ôta alors son casque à cimier et le glissa sous son bras. Il parcourut le théâtre d'horreur à grandes enjambées, à la recherche de blessés à achever. Il n'en découvrit aucun et éleva alors ses bras en un signe de victoire auquel répondit la clameur de ses compagnons vainqueurs. Pour la première fois depuis les anciens temps, Thèbes s'était révoltée et avait abattu un ennemi. Elle avait trouvé en ce général étranger, ce Mycénien exilé, un héros propre à ressusciter sa gloire passée.

Amphitryon ne se laissa pas submerger par l'exaltation. Il mit un genou à terre, tête basse, en exhortant les siens à faire de même.

– Au nom de tous, sois remercié, Zeus, maître de la foudre, protecteur des justes, invoqua-t-il. À mon retour, j'immolerai un taureau noir pour l'aide que tu nous as apportée, qui venge l'honneur de Thèbes et celui de ma femme. À toi, Alcmène, mon aimée, je voue notre victoire. J'ai vengé la mort de tes frères. Ptérélas les a rejoints.

– Que fait-on maintenant, prince ? s'informa un officier.

– Que l'on brûle ces corps sans cérémonie. Je ne veux pas que le sang empoisonné des Taphiens souille ces terres.

– Mais... leur âme, seigneur ?

– Qu'elles errent dans les enfers. Peu m'importe. Nous camperons sur la hauteur.

– Veux-tu envoyer un messager à Créon ?

– Nous porterons la nouvelle à notre retour. Laissons le roi et les nôtres dans l'incertitude. Nous n'en serons que mieux fêtés demain.

– Demain..., soupira l'officier thébain. Comment savoir si nous sommes aujourd'hui ou demain... C'est une étrange nuit... À croire que ce vieil Hélios a décidé d'éteindre le feu du ciel. On dit que les anciens dieux veulent destituer Zeus. Si c'était le commencement de leur guerre ?

Amphitryon consulta le ciel avec sérénité.

– Une guerre entre les dieux causerait bien plus de fracas. Et je n'entends que le silence. Quoi qu'il en soit, ce n'est pas à nous, les hommes, de prendre part à leurs litiges.

Plus tard, étendu sur un rocher, le Mycénien observa la fumée des brasiers mortuaires qui se mêlait à l'obscurité. Les images du passé défilèrent devant ses yeux, venues de ce temps insouciant où il vivait à Mycènes, où l'existence paisible déroulait sous ses pas la voie promise vers le pouvoir... Oui, il avait été roi, un court instant. Il ne le serait plus, mais un autre destin s'ouvrait à lui. Lequel ? Il n'en devinait que les vagues contours... Il porta à ses lèvres une outre de vin prise sur l'ennemi et grimaça car ce nectar épais, saturé d'épices, avait un goût amer sur sa langue. La nuit s'épaissit encore et le Mycénien vacilla de fatigue. Avant d'obéir à la loi du sommeil, il eut le sentiment qu'une volonté supérieure l'enchaînait sur ce rocher surplombant le théâtre de ses exploits.

Là-bas, au loin, l'orage s'était dérouté. Dans ce qui n'était plus jour, mais déjà nuit.

CHAPITRE 2

# TROIS NUITS

L'étranger émergea des vapeurs d'ombre tel un rêve du néant. La couleur cuivrée de sa peau et sa constitution souple le faisaient ressembler à ces chasseurs indigènes qui parcourent les savanes africaines, cependant que sa haute taille, ses cheveux blond cendré le rapprochaient des nomades du Septentrion grandis dans les glaces. Ce curieux métis s'appuya sur son bâton noueux, et considéra un instant l'antique cité qui se dressait devant lui : Thèbes la Magnifique, que cette brume vénéneuse recouvrait depuis les hauteurs de Cadmée jusqu'aux portes basses. Et le doute se lut dans ses yeux trop larges pour l'étroitesse de son visage, ses yeux aux reflets changeants qui évoquaient les cimes de l'Olympe aux parois argentées.

Il rejeta le pan de son drapé miteux sur son épaule, chassant peut-être dans ce geste le dernier scrupule qui retenait son pas, et franchit le seuil de la ville. Escorté par les nuées, il remonta le long des rues étonnamment calmes, et ses sandales effleuraient le pavé sans un bruit. Il arriva devant une maison de maître située dans le vieux quartier de la Cadmée, à portée de flèche du palais royal. Il en traversa les jardins silencieux alors qu'un éclair perçait le ciel, et là, dans cette lumière blafarde, le bâton disparut de sa main. Son manteau rugueux devint armure, et les traits de son visage se modifièrent comme glaise jusqu'à imiter ceux si familiers du maître des lieux.

Vêtu de cette nouvelle apparence, il enjamba les serviteurs assoupis à même le dallage, et gravit les escaliers jusqu'à cette chambre faiblement éclairée, dont l'accès n'était barré que de voiles blancs noués par un cordon. Il en défit le rempart fragile, et bien qu'il fût un être au-delà du monde et des sentiments ordinaires, un dieu qui tenait dans le creux de sa main la fureur des éléments comme le destin des hommes, Zeus se figea d'admiration devant le spectacle qui se révélait à lui.

La tête légèrement inclinée, sa chevelure formant un ruisseau d'ébène sur ses épaules, la princesse Alcmène offrait son visage nacré à la lumière incertaine d'une vasque enflammée. Elle avait fini par succomber à la fatigue, là, sur ce trône à montants sertis d'or, lasse d'attendre le retour de son époux. Même saisie dans le premier sommeil, les bras alanguis sur les accoudoirs, elle ne perdait rien de sa légendaire beauté ni de sa grâce. Le visiteur ne manqua pas de deviner ses courbes sensuelles sous les plis de sa tunique de soie, et il dut réprimer le geste d'en effleurer les contours.

Consciente de n'être plus seule, Alcmène battit soudain des cils et posa son regard, au noir puisé dans le plus profond des gouffres, sur l'intrus immobile. Elle ne manifesta aucune surprise. Seule une question se forma sur ses lèvres, qui disait assez le frémissement de son impatience.

– Ptérélas est-il mort?

– Il est passé dans l'Érèbe, Alcmène, annonça celui qui avait pris l'apparence d'Amphitryon. Et sa horde avec lui. Je suis revenu vers toi aussi vite que j'ai pu pour te l'annoncer en personne.

Alcmène se redressa légèrement, sans manifester aucune émotion, comme si la nouvelle n'arrivait pas à la convaincre pleinement.

– Tu l'as tué de tes mains ?

– J'ai recueilli son dernier soupir. J'ai son sang sur mon glaive.

– Je veux le voir.

– Je l'ai abandonné sur le champ de bataille, prétexta Zeus qui n'avait pas songé à ce détail.

Je voulais que rien ne ralentisse ma course vers toi. Je n'avais qu'une hâte, te rejoindre pour te conter l'exploit, et apaiser ton pauvre cœur. Ma chère épouse, mon beau trésor, tu pleures la mort de tes frères depuis tant d'années... Combien de nuits le désir de vengeance t'a-t-il tenue éveillée ?

– Approche.

Docilement, il obéit, celui qui gouvernait un palais au-delà de l'imaginable, celui qui dirigeait la course des étoiles et du temps et avait autrefois enchaîné les Titans au fond des abîmes de glace. Il ne trouva aucune humiliation à s'agenouiller devant cette perfection faite femme, à s'abandonner à la caresse de ses doigts fuselés, au souffle de son haleine embaumée. Il trouva même dans cette servitude un délice qu'il n'avait jamais éprouvé auparavant. D'un mot, d'un geste, il aurait pu courber cette mortelle sous son pouvoir, ainsi qu'il avait fait avec tant d'autres de ses semblables, mais tel n'était pas le bon vouloir du maître des dieux.

– Tu es différent ce soir, murmura Alcmène d'une voix où se combattaient la joie des retrouvailles et le soupçon si féminin. Est-ce bien toi ? Amphitryon ? Toi, mon époux ?

– La bataille a été rude, le retour épuisant, voilà tout, s'empressa de se défendre Zeus.

– Ce n'est pas ça..., insinua Alcmène, et la main suspendit son tendre attouchement. Non, tu as changé...

– Depuis le moment où j'ai tué Ptérélas, je suis devenu un autre homme. Jusqu'à ce jour, nous avons été mari et femme mais tu m'as interdit ta chambre, ton lit... Nous n'avons pu avoir l'enfant que nous désirons tous deux. Cette nuit, je te réclame enfin ce que tu m'as promis. Je te réclame cet amour que tu m'as refusé.

– Je t'ai toujours aimé. Est-ce que je ne t'ai pas toujours témoigné la tendresse qu'une épouse doit à son mari ?

– Tu sais ce qu'il en est... Le deuil nous a éloignés l'un de l'autre. Il ne suffisait pas que nous soyons chassés tous deux de Mycènes, il a fallu que tu m'imposes un autre exil. À peine si nos mains se frôlent, si tu acceptes ma présence à tes côtés. Tu refuses mes baisers, mes caresses. Tu me mets au supplice.

– Nos cœurs ont toujours été unis.

– Je vénère ta pureté, ta vertu. Oui, tu es certainement la femme la plus vertueuse parmi les femmes, et je te respecte avec la foi d'un pénitent pour une prêtresse. Mais un regard ne ment pas s'il s'accompagne d'un baiser. Un amour ne se brise pas s'il réclame la preuve de son existence.

– Amphitryon... Comme c'est étrange, tu n'avais pas déclamé de telles phrases depuis l'époque de Mycènes, quand tu imaginais des poèmes pour me faire la cour.

– Hermès le Messager aura paré ma bouche de poésie... Mais c'est Zeus en personne qui à présent fait bouillir mon sang.

Les bras d'Alcmène entourèrent le cou du visiteur.

– Je me livre, chuchota-t-elle à son oreille, car je veux entendre de ta bouche l'histoire, toute l'histoire. Comble-moi. Je veux imaginer chaque geste, entendre chaque mot, chaque cri d'agonie, dans ce beau langage qui t'inspire ce soir. Oui... Je veux éprouver le fil d'un glaive qui passe au travers d'un corps et la terreur de voir le gouffre d'Hadès s'ouvrir sous mes pieds...

Zeus dégrafa son armure de bronze. Il souleva la princesse dans ses bras et la porta sur le lit. Ses yeux flamboyèrent dans le clair-obscur, tandis qu'il commençait son récit.

CHAPITRE 3

# LE RETOUR DU VAINQUEUR

Amphitryon s'ébroua pour contempler le jour nouveau qui embrasait les champs alentour. Il avait la tête lourde, et cette impression lancinante d'avoir dormi plusieurs nuits d'affilée. Les astres avaient-ils suspendu leur course pour qu'un pareil charme le plonge dans ce sommeil proche de la mort ? Cela n'avait aucun sens. Zeus ne décidait pas impunément d'infléchir la course du temps, ni l'ordonnance des éléments. Au fond, c'était sans importance. Les brises d'Éole, le Gardien des Vents, emportaient les dernières fumées du champ de bataille, et le Mycénien ragaillardi par sa victoire parcourut le campement qui s'éveillait en aboyant ses ordres.

Bientôt, la troupe hérissée de lances se remit en rang et, abandonnant les confins d'Orchomène, reprit sa route pour Thèbes. Le crépuscule tirait ses encres lorsque les remparts constellés de torches se révélèrent enfin à elle. La foule était déjà là pour l'accueillir, formant une haie enthousiaste de part et d'autre de la rue. Simples marchands, gens de la rue, femmes avec enfants dans leurs bras, tous heureux et soulagés de voir leur maigre cohorte de retour, parée d'un si grand triomphe. De quelle façon avaient-ils été informés de la victoire, Amphitryon n'en avait pas la moindre idée, aussi reçut-il les vivats avec une expression un peu pincée sous sa barbe rude. Il passa devant sa maison, et guetta la silhouette d'Alcmène, sa tendre épouse, son trésor. Il espérait qu'elle serait là, penchée à la terrasse, pour lui adresser le signe de main. Déçu de ne pas la voir, il manqua abandonner les siens pour courir la presser contre lui, au mépris du protocole. N'avait-il pas attendu si longtemps pour lui apprendre enfin la mort du sinistre Ptérélas? Sans doute eût-il cédé à cette idée si un messager du palais ne s'était fort importunément présenté à lui, la figure rayonnante :

– Noble prince, la victoire est tienne ! Et les chevaux du roi sont de retour, ainsi que tu l'avais prédit ! C'était respecter le serment d'un mari que d'avoir transmis la nouvelle à ton épouse avant de retourner auprès de tes soldats, mais Sa Majesté

Créon a pris ombrage de ne pas avoir été avertie en premier. Elle s'impatiente maintenant de connaître les détails de ce triomphe.

Déconcerté, Amphitryon ne sut que répondre. On lui prêtait apparemment la vitesse ailée du dieu Hermès, qu'il se savait bien impuissant à égaler. Un doute cuisant s'insinua en lui.

– Tu dis que je suis déjà venu? Que j'ai déjà rapporté la nouvelle de la victoire à Alcmène?

– En effet, seigneur, bredouilla le messager. La nuit dernière, ou la nuit d'avant... Je ne sais plus... Et des gens de ta maison se sont hâtés de la répandre partout.

Amphitryon s'arrêta net et sa garde fit de même. Un silence s'installa qui ne fut troublé que par le cliquetis des armes brinquebalantes.

– Créon me pardonnera, trancha le prince, mais je désire parler à mon épouse avant toute chose.

– Voyons, Amphitryon, s'effraya le jeune émissaire, ce serait une grave offense. Tu...

Le héros ne l'écoutait plus et, sautant de sa monture, fendit la foule qui l'acclamait pour entrer chez lui. Par quel enchantement était-il apparu à Thèbes, quand il se trouvait à l'autre bout du royaume, endormi sur un rocher ? Il traversa ses jardins, longea les galeries silencieuses... Il ne ralentit son pas que sur le seuil de la chambre d'Alcmène, ce sanctuaire où elle lui avait interdit de pénétrer jusqu'à ce qu'il eût accompli la vengeance tant désirée. Ce soir, les voiles d'ordinaire noués flottaient librement dans les courants d'air. Une ribambelle de servantes s'activaient comme abeilles dans la ruche pour déployer robes, parements et colliers de perles devant leur maîtresse indécise – tous présents dont Amphitryon avait comblé son épouse distante dans l'espoir d'infléchir son cœur.

Alcmène portait ses cheveux noirs défaits, et sa chemise nonchalamment passée dissimulait mal la houle de ses hanches. À peine si elle accorda un regard à son mari.

– Que penses-tu de la tunique bleue pour la cérémonie au palais ? lança-t-elle d'un ton désinvolte.

En dépit des terribles questions qui se pressaient sur sa langue, le prince resta en extase devant sa beauté sans pareille, agrémentée ce soir par tant de joie de vivre. Alcmène n'avait plus rien de ce sphinx pâle et rebelle, qu'aucun sourire, aucune attention n'arrivait à dérider. Elle était comme un astre scintillant qui, longtemps ravalé dans l'ombre, laisse éclater ses rayons impatients. Elle se jeta contre lui sans cérémonie, et noua ses bras autour de son cou avec la grâce malicieuse d'une toute jeune fille, sans se soucier des pouffements de ses suivantes.

– Je sais ce que tu penses. Ne dis rien. Il s'agit de célébrer d'abord ta gloire, mon héros. Après, la nuit sera nôtre.

– Alcmène... Que s'est-il passé, ici ? interrogea le prince d'une voix tremblante.

Elle lui décocha un regard charmeur par en dessous.

– Que s'est-il passé ? répéta-t-elle. Vraiment, tu as perdu la mémoire ?

– Je veux dire... Qui était là ? Qui a répandu la nouvelle de ma victoire ?

– C'est ma faute. J'ai parlé à Galanthis, et elle s'est empressée de tout raconter. J'oublie toujours qu'elle est plus bavarde qu'une pie.

Amphitryon se rembrunit. Il n'avait jamais entendu de telles paroles sortir de la bouche de sa délicate épouse. Il voulait croire que l'exaltation du triomphe et de la vengeance accomplie était seule responsable de cette métamorphose.

– Tu dis que j'étais présent la nuit dernière ?

– Ce fut une nuit inoubliable, mon prince, mon héros, glissa Alcmène, ses yeux s'embuant d'une troublante émotion. De celles qui marquent à jamais la vie d'une femme. J'ai l'impression de le sentir déjà bouger en moi... Notre enfant... N'est-ce pas incroyable ?

Mortifié, Amphitryon abaissa les yeux sur son ventre.

– Notre enfant ? Tu veux dire...

– Oui, notre enfant. J'en suis sûre. Celui que nous rêvions tant d'avoir.

Amphitryon chassa d'un geste impérieux les servantes qui prêtaient l'oreille, et après qu'elles se furent enfuies en étouffant des rires entendus entre leurs mains, il referma avec soin les voilages. Et ce geste si anodin éprouva ses muscles comme un effort surhumain.

– Alcmène, glissa-t-il d'une voix blanche, je n'étais pas avec toi la nuit dernière. Cinquante hommes peuvent témoigner que nous avons dormi près du champ de bataille, aux confins du royaume d'Orchomène où Ptérélas comptait sans doute vendre les chevaux volés.

La jeune femme resta médusée, et son sourire si joyeux, ses humeurs si tendres et lascives se dissipèrent ainsi qu'un rayon de soleil se perd dans les nuées d'orage.

– Cela ne se peut pas. Tu étais là. C'était toi. Je t'ai reconnu. C'était ta voix, tes baisers, tes caresses. Ta fièvre... Je me souviens. Non, cela ne se peut pas.

Les lèvres tremblantes, le regard éperdu, Alcmène dut se soutenir à ce fauteuil dans lequel elle avait attendu le compte rendu de l'expédition, et Amphitryon, aussi affreux qu'était le soupçon qui le dévastait en cet instant présent, eut pitié d'elle et s'empressa de corriger :

– Tu as raison. Qui d'autre aurait pu connaître pareille extase dans tes bras ?

– Je l'ai mérité, n'est-ce pas ? admit Alcmène en essuyant une larme qui avait ennobli ses cils. Je comprends où tu veux en venir. Tu m'as déjà raconté tes exploits guerriers, mais je veux bien encore les entendre. Cette fois, aie pitié de moi, je me contenterai d'une version plus courte. La première m'a totalement épuisée.

– Oui, pardonne-moi, j'ai voulu te punir de m'avoir trop fait attendre.

– Je n'ai été ni juste ni bonne avec toi tout ce temps, je m'en rends compte aujourd'hui, mais c'est fini, je te le promets. Je saurai rattraper toutes les heures que nous avons perdues. Viens. Oublions cela. Viens. Moi aussi, je désire te faire un récit, celui d'un enfant à naître...

Amphitryon saisit la main tendue qui l'attirait vers la couche, avec la sensation que son sang s'était transformé en venin.

CHAPITRE 4

# QUERELLE EN HAUT LIEU

Depuis le sommet du mont Parnasse, d'où il pouvait observer simultanément toutes choses du monde, Zeus éprouva le sentiment exaltant de l'accomplissement. Dès le retour du soleil, arbres et fleurs courbés sous l'ombre s'étaient redressés, fleuves et rivières avaient repris leur cours tumultueux, cités et forteresses s'étaient ranimées dans un bourdonnement de ruche. Trois nuits avaient fui en une seule, sans qu'il en subsiste trace sur terre ni souvenir dans la mémoire des hommes.

Dressé sur la cime, le maître des dieux rabattit son manteau sur ses épaules pour respirer pleinement la fraîcheur distillée par les pins environnants. Il appréciait cet endroit où la roche nue affleurait sous l'herbe drue, au moins autant que les savanes africaines qu'il parcourait déguisé en indigène à peau noire. Ici, il était à l'abri des préoccupations qui l'assaillaient sur l'Olympe en proie aux incessantes querelles. Il se promit de veiller de loin sur le sort d'Alcmène, quoique les contours de son visage et les délices de son corps se soient déjà en partie effacés. Car dans son esprit retors, où mille pensées chassaient mille autres pensées dans le même instant, cet esprit démesuré fourmillant de projets inédits, d'audaces impensables, était déjà tourné vers l'avenir.

Ou du moins, vers ce qu'il rêvait pour l'avenir de son monde primitif.

Les bêlements d'un troupeau de brebis arrivèrent à ses oreilles, qui amenèrent un sourire de bien-être sur son auguste figure. Il s'assit sur une souche, et affecta la posture d'un voyageur éreinté, sa capuche rabattue sur son front lumineux, son menton posé sur la crosse de son bâton. Il appréciait de se livrer à la vue des mortels en se faisant passer pour l'un d'eux. Il lui arrivait ainsi de jouer de la flûte avec des musiciens, de lutter avec des athlètes, et, bien sûr, de courtiser les reines mortelles. Ces jeux de dupe emplissaient le dieu de cette excitation perverse qui s'empare d'un garnement quand il réussit un mauvais coup sans se faire prendre. Le troupeau était à portée de vue lorsqu'il s'éloigna brusquement dans un concert de clochettes affolées. Un courant d'air tiède glissa sur la crête. Zeus repoussa son capuchon avec un soupir de lassitude.

– Hermès, je sais que c'est toi, pesta-t-il. Comment m'as-tu trouvé ?

Un jeune homme au corps frêle affublé de jambes arquées émergea timidement des fourrés pour s'approcher avec la prudence d'un échassier. Son allure maniérée autant que son physique indécis inspiraient autant de méfiance que de compassion. Ses oreilles décollées pointaient sous ses tresses brunes, ajoutaient une note exotique à son visage lunaire d'un enfant grandi trop vite. Il esquissa une révérence théâtrale avant d'entonner :

– Je te salue, Maître de la Foudre, Agitateur des Nuées, Briseur d'étoiles, pardonne-moi de venir troubler ce repos bien mérité, après ces trois nuits d'ébats effrénés dont tout l'Olympe tremble encore.

Zeus fronça les sourcils avec mécontentement.

– Je ne goûte pas ton humour, Hermès. Un jour ton insolence pourrait te coûter plus qu'une mission aux confins de ce monde...

– Quoi ? Ai-je dit quelque chose qui ait froissé ta bonne humeur du matin ?

– Je ne suis jamais de bonne humeur le matin.

– Tout comme Hélios, qui gronde dans son gouffre depuis que tu l'as obligé à céder ses attelages de feu à Apollon.

– J'ai déjà entendu ses plaintes. Hélios est vieux. Comme la plupart des anciens dieux qui étaient dévoués à Cronos mon père, il me considère comme un imposteur. Mais pour lui et ses semblables l'heure est venue de céder leur charge à ceux de mon clan.

– Ils ne se laisseront pas maltraiter sans réagir.

– Ils appartiennent à une ère révolue. Hélios, Océanos, tous les autres !

– C'est le message que tu me charges de lui transmettre ?

Zeus ne put réprimer un soupir et ferma les yeux. En vain essaya-t-il de retrouver cette sensation de quiétude qui l'avait enveloppé tantôt. Les soucis refaisaient surface.

– Fais ce que tu veux. L'humeur d'Hélios m'indiffère.

– Si je peux me permettre, oh, Ébranleur de mondes, Architecte des Constellations, tu devrais éviter de froisser les survivants du Vieil Âge. Ils détiennent encore un pouvoir de nuisance que tu aurais tort de négliger. Ne leur tourne pas le dos. Le complot est peut-être plus avancé que tu ne le penses.

– Serait-ce un avertissement, mon fils à la langue bien pendue ?

– Ne m'as-tu pas donné pour tâche d'aller aux quatre coins de ton empire pour t'en rapporter les moindres rumeurs ? Je m'acquitte de cette tâche ingrate de mon mieux. J'accepte d'affronter les orages et les vents. La pluie et le froid sont souvent mes seuls compagnons au point que mes jeunes os me font déjà mal. Or, partout où mes sandales ailées me portent, j'entends de fâcheux présages. Il se murmure qu'Hélios et d'autres complotent dans l'ombre des terres de glace, hors de portée de tes divines oreilles. Ils condamnent l'Olympe, et son cortège de nouveaux dieux, ainsi que tes réformes. Ils méditent ta ruine et aspirent à la restauration du Vieil Âge.

Zeus haussa les épaules.

– Il en a toujours été ainsi. Les Anciens soupirent après le passé, ils regrettent ce qui leur était familier et n'est plus. Fais-le savoir partout: c'est désormais l'Olympe le siège du pouvoir, et non les gouffres du Septentrion. L'Olympe construit par les mains des Titans vaincus, qui ont signé là leur allégeance à ma personne.

– Je suis heureux de voir que rien ne peut entamer ton optimisme.

Zeus fronça ses épais sourcils.

– Es-tu venu gâcher ma rêverie pour me parler de politique ?

Hermès émit un soupir avant de lâcher la phrase qui encombrait son cœur :

– Héra est après toi.

Le front du maître des dieux se rembrunit. Les sourcils broussailleux formèrent une arche sous laquelle les yeux foisonnèrent d'expressions contradictoires: la colère, le dépit, l'embarras, et l'ombre d'une crainte...

– Héra ? Marmonna Zeus avec accablement, accablé. Que me veut-elle?

– Tu me le demandes? railla Hermès. Tu pensais après ta folle nuit à Thèbes échapper à la colère de ton épouse légitime, gardienne des serments du mariage? Héra sait tout avant les autres. Son pouvoir égale presque le tien. Sitôt qu'elle a appris ton aventure avec Alcmène, la superbe vierge de Thèbes, elle a affrété son char de béliers noirs et le fouette jusqu'au sang pour te chercher. D'ailleurs...

Il se détourna pour prêter l'oreille avant d'enchaîner :

– J'entends déjà son attelage. Pas toi ?

De fait, Zeus pressentit un mouvement qui troublait les nuées à l'ouest, porteur d'une menace qu'il savait ne pouvoir prendre à la légère.

– Pardonne-moi, père, une chose m'échappe..., lança Hermès comme si de rien n'était. Pourquoi avoir séduit cette mortelle en particulier au risque de compromettre la paix fragile qui régnait ces derniers temps sur l'Olympe ? Qu'avait-elle de plus, l'épouse d'Amphitryon, pour que tu la séduises en particulier quand nombre de déesses, de nymphes et mille autres créatures sensuelles ne demanderaient pas mieux que d'être honorées par ta visite ?

– Tu ne saurais comprendre, même si je te l'expliquais. À présent, pars. Je ne souhaite pas qu'Héra te trouve ici.

Le vent violent tordait déjà le sommet des pins.

– J'ai beaucoup à faire, prétexta Hermès qui n'avait aucune envie d'assister au déferlement qui se préparait. Loin d'ici. Et toi ?

– Je rentre me mettre à l'abri.

Comme il était dieu et détenait dans son poing les forces élémentaires héritées de son père Chronos, le Temps, ces paroles suffirent à le transporter au loin. Cette simple enjambée, rêvée par-dessus les nuées, le déposa sur le seuil de l'Olympe, la vénérable forteresse surchargée de terrasses et de tours qu'il avait désirée pour siège de sa puissance. Et alors que les portes colossales cédaient devant lui, le dieu des dieux se défit de ses oripeaux de mortel pour paraître dans la majesté d'une toge plissée à parements dorés. Son visage se para d'une expression de calme et d'autorité naturelle ; ses yeux sombres s'élargirent, la bouche s'épaissit sous la barbe soigneusement taillée, les cheveux mêmes se disciplinèrent en de longues boucles parfaites. C'était ainsi que les citoyens d'Athènes, de Sparte, d'Argos ou de Crète aimaient à le représenter, c'était dans cette apparence qu'il se résolut à affronter ce qui inexorablement arrivait.

À mesure qu'il suivait les méandres changeants des galeries de marbre, il fut surpris de ce que les courants d'air fusaient de partout, soulevant les voiles et balayant les poussières. Plus encore de constater que les salles s'étaient vidées des délicieuses créatures qui avaient coutume d'y folâtrer. Il n'y avait là ni danses, ni concerts improvisés, ni jeux de déguisements. Aucun poète défunt ne déclamait ses vers en s'accompagnant de sa lyre. Aucun dieu de passage ne donnait fête et ripaille à un cortège de héros choisis. Zeus aperçut même quelques faunes farceurs, d'ordinaire si prompts à mendier caresses et bons mots, s'éclipser par des portes dérobées à son approche.

Tout cela le confirma dans sa certitude qu'un orage sans pareil menaçait et c'est avec un sentiment de lassitude qu'il s'installa sur son trône majestueux.

– Encore la dispute ! soupira-t-il. Comme il est malaisé de faire avancer le monde...

Son regard vagua parmi les fresques gigantesques sculptées dans l'ambre du plafond, témoignages de la guerre qu'il avait menée naguère contre les Titans. Zeus gardait la nostalgie de cette époque primitive, quand, jeune dieu ivre de pouvoir et de vengeance, il combattait les hordes de monstres sur les flancs du mont Hélicon. Les choses étaient plus simples alors... Les camps mieux dessinés.

Un grondement assourdissant parvint à ses oreilles. Le dallage se fissura sous le fracas d'un attelage lancé au galop dans les galeries. Zeus ramena lentement son égide d'ivoire contre lui et s'y agrippa comme un marin prêt à affronter une déferlante. Héra parut dans un tourbillon de poussière et d'embruns mêlés, spectre livide sanglé dans sa tunique craquelée par le givre des hauteurs. Elle portait son diadème d'or incrusté de pierres précieuses qui durcissait les angles de son visage naguère d'une si grande beauté. Ses yeux n'étaient plus aujourd'hui que diamants froids, sa bouche une faille tordue par le ressentiment et l'amertume.

– Toi ! accusa-t-elle en pointant son index interminable sur son époux. Tu n'es qu'un misérable pervers ! Comment as-tu osé ? Il ne te suffit plus de te baigner avec les nymphes sans pudeur, et de séduire des créatures improbables à l'autre bout de la terre ? Non ? Cette fois, tu as séduit une mortelle ? Est-ce que les hommes d'esprit s'accouplent avec des animaux ? Qu'es-tu allé chercher auprès d'une pareille femelle ?

– Calme-toi, je t'en prie, essaya de la tempérer Zeus, est-ce que nous ne pouvons avoir une discussion raisonnée ?

– Pas un mot ! coupa Héra. Tu ne m'inspires que dégoût et écœurement. Tu n'es que...

Du flot d'invectives et d'adjectifs empoisonnés, Zeus finit par ne plus entendre qu'un vague murmure, pareil au fracas ininterrompu d'une cascade qui à la longue se fond dans le silence. Quand le torrent se fut tari, quand à bout de paroles, ou à bout de forces, Héra consentit à se taire, il s'efforça d'adopter ce ton d'autorité qui d'ordinaire faisait grand effet sur les autres dieux.

– Je comprends ton ressentiment, noble épouse, et même ta colère à mon égard, et je n'attendais pas à ce que tu souscrives à mon projet. Car en agissant ainsi, je mène une expérience... Mieux encore, un but qui pourrait changer la face de l'humanité...

– Autoriser tout homme à prendre toute femme comme bon lui semble ? À bramer de plaisir durant trois nuits échevelées ? Tel est ton grand projet? En t'accouplant à Alcmène, tu as brisé le plus sacré des liens, celui du mariage, le nôtre d'abord, le sien ensuite !

– Tu ne vois du chemin que nous devons tracer que le bout de tes sandales. Non. Lève les yeux, regarde au-delà et surmonte tes sentiments.

– Quel sage conseil ! Dans un instant, tu feras mine d'accusé avec tes grimaces de singe.

– J'ai désigné Alcmène pour mettre au monde un enfant hors du commun, dont la gloire surpassera celle de tous les hommes. Un enfant à demi mortel, et à demi dieu. Un modèle. Un exemple.

– Un... Un enfant ? s'étrangla Héra. Et tu oses me l'annoncer comme s'il s'agissait d'une simple éclipse ? C'est cela ton grand projet ? Enfanter ? Infester le monde de tes nouveaux bâtards ? Jusqu'à maintenant, je pensais que tu étais seulement puéril. À présent, je crois que tu es irresponsable et pervers. Les humains n'ont été semés que pour nous servir. Leur foi en nous nourrit notre force. Leurs temples, leurs processions, leurs sacrifices raffermissent chaque jour notre pouvoir. Qui parle de les ennoblir ? Qui parle de leur offrir l'intelligence et le discernement ? Ce sont des animaux et ils doivent le rester, sauf à les installer ici, bientôt, parmi nous ?

– Je ne me satisfais pas d'un troupeau de moutons dociles. Je veux que les humains évoluent, je veux qu'ils cultivent les arts et la philosophie qui les grandissent et infléchissent leur destinée. Je désire qu'ils réfléchissent sur leur monde comme sur eux-mêmes. C'est mon devoir d'y veiller.

– Nous n'avons aucun devoir vis-à-vis de ces misérables créatures, qui sont plus faibles et influençables que des porcs.

– Tu te trompes et un tel raisonnement pourrait nous mener à notre perte. J'ai longuement réfléchi. Pour corriger les défauts des hommes, il faut un homme parfait, un roi qui régnera sur eux en juste. Un être magnifique, sans tâche ni défaut.

– L'enfant d'Alcmène ? C'est de lui que tu parles ? Tu crois qu'un être né du plus infâme mensonge et de la duperie la plus vile fera un modèle pour ces humains que tu affectionnes tant ? Je ne laisserai pas commettre un tel sacrilège. Il n'y aura pas d'enfant d'Alcmène car il ne verra pas le jour, j'en fais le serment.

Zeus leva les yeux au plafond en secouant la tête.

– Je ne m'attendais pas à ce que tu m'accordes ton assentiment, mais au moins pourrais-tu te cantonner à une neutralité bienveillante ?

– Jamais. Cela ne sera pas. Quant à ton modèle, s'il t'en faut un, tourne ton regard vers Tirynthe. Là-bas va naître l'enfant du roi Sthénélos, noble famille, dévote à mon culte, qui a fait construire des temples sublimes en mon honneur et sacrifie des troupeaux entiers pour s'attirer mes faveurs. Il appartient lui aussi à l'antique maison de Persée, dont est aussi issu Amphitryon.

– Sthénélos est un tyran ! Et d'ailleurs, tu rêves de l'impossible : sa reine ne peut pas avoir d'enfant.

– La nature est capricieuse. Un nouveau roi viendra au monde, un vrai roi. Il se nommera Eurysthée. Il n'y a pas à discuter.

Zeus ne put réprimer une moue de dégoût.

– Sthénélos est un esprit mal dégrossi, aussi étranger aux arts que tu l'es aux choses de la guerre.

– En cela tu fais encore erreur, repartit Héra. Je te montrerai que pour les choses de la guerre, je suis experte.

Sur ces paroles, qui firent trembler les colonnades, la déesse sombre saisit sa longue traîne et se retira avec fracas. Zeus resta un temps figé, miné par de mauvais pressentiments.

– Pourtant, cela sera, murmura-t-il. D'ailleurs, il est déjà trop tard...

CHAPITRE 5

# CE QUI DOIT ÊTRE

Amphitryon attendit l'heure où la cité de Thèbes couvrait ses feux, où ses rues d'ordinaire si animées se vidaient de leurs passants, pour se glisser en catimini hors de sa demeure. Rabattant les pans de son manteau brun sur ses épaules, il traversa les vieilles pierres de l'ancienne Cadmée tel un revenant des époques glorieuses avant de s'enfoncer dans la ruelle qui butait sur le temple de Zeus. L'édifice se dressait avec majesté entre les habitations, sur ses colonnes trapues tel un insecte à l'arrêt. Après s'être assuré que nul ne l'avait suivi, le prince frappa à la porte dérobée, destinée à ceux qui venaient secrètement consulter l'hôte de ces lieux. Une prêtresse en tunique blanche l'introduisit et, évitant soigneusement de le dévisager, le mena par un déambulatoire jusqu'à l'autel. Elle l'abandonna sous une statue colossale du maître des dieux, figé dans une attitude farouche, un éclair de foudre au poing. Dans cette pénombre, Amphitryon éprouva la désagréable impression que le personnage de marbre abaissait sur lui son regard ombrageux.

– Je suis ici, indiqua une voix dans le clair-obscur.

Saisi dans sa contemplation, le Mycénien tressaillit. Il contourna un pilier pour découvrir un vieillard chétif assis à même le froid dallage parmi les plats d'offrandes, dont il se régalait. Sa canne posée en travers de ses genoux repliés, Tirésias ressemblait plus à l'un des mendiants qui pullulaient aux abords du temple qu'au plus célèbre devin de Grèce. Ses longs cheveux filasse encadraient un visage creusé par un régime alimentaire des plus stricts. Son front étriqué, ses pommettes extraordinairement saillantes formaient un écrin à ses immenses yeux aux pupilles vitreuses. Pour Tirésias l'aveugle, le monde n'était plus qu'ombre depuis bien longtemps.

Amphitryon marqua une hésitation, ignorant s'il devait observer un quelconque rituel. Il avait toujours répugné à demander conseil à cet oracle réputé, un peu par fierté, beaucoup par méfiance. Ce soir pourtant, le terrible doute lui rongeait l'âme au point de le priver de sommeil et il n'avait plus de solution. Il devait comprendre. Il choisit finalement de s'asseoir en face de son interlocuteur.

– Tu sais qui je suis ? s'enquit-il.

– Tu es ce roi autrefois déchu d'Argos, qui a trouvé ici, à Thèbes, avec son épouse, un asile auprès du roi Créon. Il t'a confié le commandement de la garde royale et, grâce à tes connaissances militaires, tu lui as rendu ses bienfaits en défendant de ton mieux la cité en dépit de nos maigres effectifs. Tu es le vainqueur des Taphiens, le héros qui a tué Ptérélas et rapporté les chevaux volés.

– Je pourrais être n'importe qui, le sonda Amphitryon. Tu ne vois rien. Si j'étais un imposteur ?

– Les dieux sont des êtres bien étranges, répondit Tirésias. Athéna m'a jadis ôté la vue pour l'avoir surprise se baignant nue dans un cours d'eau, alors que je n'étais qu'un adolescent. Nombreuses sont les voix qui l'ont suppliée de revenir sur sa cruelle décision et me rendre ce don sans pareil. Son cœur de glace en a été touché. Elle m'a donc accordé une ouïe prodigieuse, qui me permet de goûter au chant des oiseaux ou aux accents d'une lyre mieux que tout autre mortel. Et aussi un odorat précieux capable de m'enivrer des parfums les plus subtils, sans parler de ce talent sans égal pour lequel tu viens me consulter ce soir: celui de lire l'avenir ou d'expliquer le passé. Mais jamais Athéna ne m'a rendu la vue. Comprends-tu ? Ainsi sont les dieux, maître de nos destins, colériques autant que généreux, impitoyables autant qu'indulgents. J'attendais ta venue, Amphitryon. Et tu es ici.

Amphitryon pressentit que le devin n'avait pas déroulé sa démonstration en toute innocence, qu'il s'efforçait de le préparer à quelque effrayante nouvelle. Lui, le guerrier qui n'éprouvait jamais la peur, sentit sa bouche s'assécher.

– Ma femme va mettre au monde..., lâcha-t-il dans un souffle.

– Cet heureux événement est connu de tous.

– Le secret que je dois te confier, Tirésias, ne doit jamais sortir de ce temple. Il en va de ta vie.

– Serais-je encore de ce monde si je n'avais su conserver les plus intimes secrets de ceux qui viennent me consulter ?

– Je ne suis pas le père de l'enfant à naître, j'en suis convaincu. Quelqu'un... Quelqu'un m'a précédé, qui a revêtu mon apparence, ma voix, pour abuser Alcmène, ma femme... Je sais qu'elle n'est pas coupable. Car jamais elle n'aurait consenti à d'autres bras que les miens. Et je conserve pour elle le plus profond amour qu'un cœur d'homme puisse offrir. Malgré... Malgré ce que je sais... Mais je ne peux plus vivre sans connaître la vérité. Sans connaître le nom de l'imposteur, s'il est en ton pouvoir de le désigner...

– Pourquoi m'interroger maintenant ? Neuf mois ont passé...

– Et chaque instant qui me rapproche de la naissance ne m'en terrifie que davantage. Je ne dors plus. Je ne mange plus. À l'heure où je tuais Ptérélas, quelqu'un possédait mon épouse. Toi, dis-moi. Qui était-il ?

Tirésias prit une profonde inspiration. Amphitryon s'attendit à quelque rituel et autres simagrées dont usaient parfois les oracles pour impressionner leur auditoire, mais celui-ci resta immobile. Ni osselets. Ni cendre répandue. Ni gestes divinatoires. Tirésias répondit sur le même ton qu'il aurait employé pour évoquer le temps du lendemain ou les récoltes à venir.

– Noble Amphitryon, c'est Zeus en personne qui a élu ton épouse pour sa beauté et sa droiture, afin qu'elle devienne la mère de son enfant.

Amphitryon sentit son sang se glacer. Malgré lui, son regard se dirigea vers la statue du dieu qui présidait à cette confidence et lui trouva une expression difforme qu'il n'avait pas remarquée à son arrivée.

– Est-ce... Est-ce possible ? bredouilla-t-il. Zeus, descendu de l'Olympe pour engendrer un mortel ? Pourquoi ? Pourquoi Alcmène?

– Nul ne peut percer les desseins secrets de notre père à tous. Probablement a-t-il médité son acte de longue date. Sache seulement que ce qui doit être sera. Le seigneur des nuées a ouvert une brèche dans le firmament, sans que nous sachions où mènera cette nouvelle voie. Peut-être lui-même l'ignore-t-il et se livre-t-il à une expérience inédite. Oui, tels sont les dieux. Nous devons tous leur céder, c'est ainsi. Alcmène a été aveuglée... comme tant d'autres avant elle. Du sacrifice que tu consens, il résultera peut-être un bien.

Amphitryon voulut se redresser, mais la tête lui tourna. Une colère sans nom dévastait son être.

– Moi ? Élever un enfant qui n'est pas le mien ? Je ne pourrai pas le supporter. À chaque instant, sa vue me rappellera qu'un autre, fût-il un dieu, a souillé ma couche de sa présence !

– C'est pourquoi deux enfants naîtront, prédit Tirésias d'une voix apaisante, jumeaux par leur mère, étrangers par leur père, car le récit de la mort de Ptérélas a été conté deux fois. Ainsi Zeus entend-il réparer son tort envers toi.

– Deux enfants ?

– Deux garçons. L'un sera le tien. L'autre sera le sien, promis à une destinée que nul ne peut encore imaginer. Tu devras les éduquer et les chérir de façon identique, mais prends garde, car les ennemis de Zeus sont nombreux, qui en voudront à la vie de ce nourrisson. Retourne chez toi. Alcmène ressent déjà les premières douleurs. Les enfants naîtront avant l'aube.

Amphitryon enfonça son visage entre ses mains, en s'efforçant de maîtriser ses sentiments, si confus.

– Comment reconnaîtrai-je mon fils de... de... l'autre ?

– L'avenir y pourvoira.

– Quel nom devrons-nous donner à... l'étranger ?

– Sa mère choisira. Puis, un jour, l'enfant choisira.

La prédiction résonnait encore à ses oreilles quand le Mycénien sortit du temple en titubant.

Piliers, vasques, parvis, tout vacilla devant lui et il s'affaissa.

CHAPITRE 6

# LA MALÉDICTION DES NŒUDS

*Souvenez-vous, mes sœurs, toi, Clotho, toi, Lachésis, avec quelle colère Héra la Divine vint nous chercher. Ses cheveux grouillaient des serpents de la colère et sa bouche éructait comme celle d'un volcan lorsqu'elle nous somma de partir de nuit à Thèbes pour que le prodige voulu par Zeus soit étouffé dans l'œuf, pour que celui qui devait naître ne fût pas.*

*Elle nous fit quitter notre tanière pour nous faire traverser la nuit à la faveur de son brouillard. À notre passage, les animaux prenaient la fuite, les sentinelles tombaient en sommeil et les torches s'éteignaient, car nous, les Parques, qui décidons du destin des hommes, détenons le pouvoir de nous rendre où bon nous semble sans jamais être vues, à moins que nous ne le décidions.*

*Nous atteignîmes la maison d'Amphitryon et tendîmes des cordes à nœuds entre les arbres et les buissons, selon l'ancien rituel, afin d'empêcher que la mère n'accouche, ainsi que le désirait la reine des déesses. Alors que nous accomplissions ce maléfice, une servante aux cheveux jaunes du nom de Galanthis sortit sans peur sur le seuil. Elle avait compris nos intentions, et peut-être même qui nous étions. Loin de s'émouvoir, elle nous apostropha avec hargne.*

*« Retournez donc en enfer, vieilles chouettes ! Hors d'ici, ou je vous promets de vous chasser à coups de trique.*

*– Si tu nous reconnais, répondis-tu, Clotho, tu sais que nous pourrions te réduire en cendre dans l'instant.*

*– Invite-nous en ta maison, insistas-tu, Lachésis, sinon nous te changerons en chien, ou quelque chose de pire. Il est encore temps. Nous pouvons éviter le forfait.*

*– Personne n'entre, avertit Galanthis, catégorique. Et vous ne me faites pas peur.*

*– L'enfant ne doit pas naître, décrétai-je, par la voix de la noble Héra qui nous envoie, la gardienne des mariages.*

*– Que n'a-t-elle veillé sur le mien, coupa la femme Galanthis, quand mon bon mari m'a abandonnée pour s'acoquiner avec cette jeune Crétoise!*

*Moi, je vous annonce que l'enfant viendra, et peut-être pas seul, car le devin Tirésias, qui est la voix même de Zeus, l'a affirmé ce soir à mon maître.*

*– Pas si la mère meurt avant ! t'écrias-tu, Clotho, en tirant un fil de ta manche pour le tendre vers mon ciseau.*

*– Pas si nous empêchons ce qui doit être, approuvas-tu, Lachésis. »*

*Et moi, moi j'aiguisais mes deux pierres et leurs étincelles montaient jusqu'aux astres tandis que nous entendions distinctement les cris de la mortelle torturée par les douleurs de l'enfantement. Oui, il était encore temps d'intervenir, il était encore temps d'interrompre le cours du destin, quand, bien avant terme, nous avons entendu des vagissements qui nous ont figées d'effroi. Nous avons craché de colère et empli la nuit de nos cris d'épouvante, avant que le vent ne nous emporte au loin.*

*Et pourtant nous avions été abusées...*

*Fière de nous avoir chassées, la femme Galanthis s'en retourna à l'intérieur et descendit aux cuisines où sa fille, jeune encore, excitait une couvée de chats fraîchement nés dans un panier à linge.*

*– Tu as eu là une brillante idée, la félicita la servante aux cheveux jaunes. Rien ne ressemble plus aux pleurs d'un bébé que les braillements de ces*

*félins affamés. Tu peux leur donner leur lait, à présent...*

*Et là-haut, dans la chambre, la mère bâillonnée mettait au monde les deux enfants. Deux enfants pour deux récits. Deux enfants pour deux destinées.*

CHAPITRE 7

# AVÈNEMENT

Dissimulé derrière les voilages de la galerie qui surplombait les jardins, Amphitryon n'avait rien perdu de la triple visite. Ainsi Tirésias avait dit vrai. La rancune d'Héra, la déesse trompée, poursuivait déjà l'enfant à naître. Des sentiments contradictoires luttaient dans l'âme du prince maintenant qu'il connaissait la vérité. À la première colère, à la première honte succédait à présent un état de résignation. Qui était-il pour vouloir contrecarrer le projet du maître des dieux ? Ce qui devait advenir serait. Il venait d'en avoir la preuve.

Une nuit épaisse engluait la cité. Un silence oppressant régnait dans la maison, comme il n'en est que sur les champs de bataille après l'assaut. Toute vie semblait retenir son souffle.

Amphitryon se mit à arpenter le corridor, rongé par l'angoisse. Il n'entendait plus les gémissements d'Alcmène. Avait-elle succombé aux douleurs? Cette tragédie était si fréquente... En dépit des consignes qui lui avaient été imposées, le Mycénien força le seuil de la chambre. Il voulait être aux côtés de son épouse, veiller à l'accomplissement de la prophétie... et de son sacrifice.

Alors qu'il approchait du lit, un éclair de foudre inonda la pièce comme en plein été, et un roulement de tonnerre déferla sur Thèbes. Puis, soudain, des vagissements stridents résonnèrent. L'une des accoucheuses, en nage, voulut repousser à l'écart le père indocile, mais il refusa en la secouant rudement par les épaules.

– La mère ? interrogea-t-il, excédé. Les enfants ?

– Tout s'est bien passé, seigneur, garantit la femme. La mère vit. Les enfants vont bien. Je t'en prie, éloigne-toi et prends seulement patience.

Négligeant son conseil, Amphitryon l'écarta de son chemin pour se précipiter au chevet d'Alcmène. Éreintée, celle-ci reposait entre les draps de soie, livide tel un cygne échoué sur la berge, ses cheveux défaits formant cascade sur les oreillers trempés de sueur. Elle sourit, cependant. Effrayé par son apparence, le prince saisit sa main froide pour y porter un baiser.

– Mon amour, je t'en prie, ne meurs pas.

Alcmène posa un regard imprégné de la plus ineffable tendresse sur son époux et ses lèvres desséchées formèrent trois mots.

– C'est... accompli... Vois...

Amphitryon se retourna vers le berceau et ne put réprimer un sanglot devant le spectacle inattendu. Deux nouveau-nés étaient étendus côte à côte dans la même layette immaculée. Le premier arborait des traits grossiers, d'épais sourcils arqués au-dessus de grands yeux, un front proéminent déjà garni de cheveux noirs très frisés. Il agitait bras et mains avec une sorte d'impatience turbulente. Le second était blond et déjà d'une beauté admirable, et sa figure boulotte empourprée par ses pleurs modelait déjà des expressions aussi diverses qu'attendrissantes. Un sourire vint aux lèvres d'Amphitryon car il venait de comprendre la signification de la phrase énigmatique du devin Tirésias.

– Oui..., murmura-t-il. Si l'histoire a bien été contée deux fois, voici son épilogue... Ou son véritable commencement.

Instinctivement, Amphitryon prit le plus beau des frères et l'éleva dans la lumière des torches tout en couvant l'autre, si grossier, si laid, d'un regard dubitatif.

– Qui es-tu, dis-moi ? interrogea-t-il d'un ton soupçonneux. Quel sang coule dans tes veines ? Le mien ? Ou...

Il laissa sa phrase en suspens car l'accoucheuse s'était glissée à ses côtés pour contempler à son tour cette progéniture si dissemblable.

– Ne te morfonds pas, seigneur, il arrive que des jumeaux ne soient pas identiques. Notre chère maîtresse leur a déjà trouvé un nom.

– Quels sont-ils ?

– Celui que tu tiens dans tes bras, qui semble si éveillé, s'appelle Iphiclès. L'autre... L'autre qui paraît déjà si mécontent d'être là s'appelle Alcide.

Amphitryon acquiesça lentement à ce choix.

– Iphiclès et Alcide, oui... Ce sont des noms bien choisis.

Évitant le regard inquisiteur de la femme, il appela son aide de camp qui patientait dans le couloir.

– Qu'on apporte mon grand bouclier, celui qui est aux armes de la maison de Persée, mon ancêtre, celui qui m'accompagnait quand j'ai tué Ptérélas...

Un instant plus tard, deux soldats de la garde lui tendaient le bronze incurvé qu'Amphitryon tenait de son père, et du père de son père. Il l'installa auprès du lit, bien en vue de la mère, et y déposa avec soin les deux nourrissons, sur lesquels il jeta une couverture.

– C'est ici qu'ils dormiront car ce sont des enfants de guerrier, nés sous le signe de Zeus. Ce bouclier recèle des vertus magiques, qui les protégeront de tout danger.

Alcmène donna son assentiment d'un sourire.

– Maintenant, conclut-elle, je vais pouvoir m'évanouir...

CHAPITRE 8

# LA COLÈRE DE ZEUS

– Puis-je savoir ce que cela signifie ?

La voix tonnante de Zeus chassa en un clin d'œil danseuses et poètes ainsi que le vent d'automne dissipe les feuilles mortes. Le paisible jardin de l'Olympe où se déroulait le spectacle se para subitement de frimas. Les arbres fléchirent, les fleurs rentrèrent sous terre. Nullement effarouchée par l'apparition si soudaine de son époux, Héra se retourna sur sa couche de marbre en rabattant un voile de soie sur ses épaules frissonnantes. Elle prit le temps de grappiller un fruit parmi l'amoncellement de mets disposés à portée de ses longs doigts avant de s'enquérir d'un ton désinvolte :

– Encore à la poursuite d'un de tes enfants capricieux, l'une de ces têtes folles que tu désignes pour dieux ? Apollon a-t-il déjà égaré le char du vieil Hélios ? Athéna parcourt-elle les nuées en hurlant ? Non. Ne dis rien. Je sais. Aphrodite a certainement pris un nouvel amant mortel dans ses filets. Elle tient tellement de son père...

– Ce n'est pas après eux que j'en ai, assura Zeus en resserrant sa toge sur son bras, mais après toi, tu le sais très bien.

– Maintenant, c'est moi qui suis accusée ? railla Héra. Tu devrais goûter à la poésie plus souvent. Ces délicieux tableaux chantés possèdent la vertu d'apaiser l'esprit. Et les sens. Dire que tu as gâché le plus beau moment, celui où deux amoureux déclament leur louange à ma gloire en vantant les vertus du mariage et de la fidélité. De si nobles qualités...

Le maître des dieux s'efforça de contenir la colère qui bouillait dans tout son être.

– Tu as envoyé les Parques chez Amphitryon ! Tu as tenté d'empêcher la naissance des enfants d'Alcmène !

– Tu as raison, je m'en veux, admit Héra avec un sourire glacé. Je ne croyais pas les trois sœurs assez stupides pour se laisser abuser par des miaulements de chatons. J'aurai plus de chance la prochaine fois...

– Quoi? Tu avoues ton forfait?

– La chienne a mis bas deux bâtards. Lequel est le tien ?

– Tu sais lequel. L'autre est un don que j'accorde à Amphitryon, car il a accepté la situation avec noblesse.

– Tant de délicatesse t'honore.

– Je t'interdis d'attenter à la vie de mon fils !

Héra toisa son époux avec une expression implacable.

– Celui qui ne respecte ni règles ni serments n'a rien à interdire. Tout dieu que tu sois, tu dois obéissance à des forces supérieures, et dont tu ne peux bouleverser l'ordre. La stabilité de ton trône, de nos trônes, en dépend. Penses-y.

Malgré lui ébranlé par ce rappel cinglant, Zeus s'avança vers le bassin de marbre érigé au centre du jardin, que ridait la bise glacée qu'il avait suscitée dans sa colère. Il consentit à laisser un rayon de soleil percer le plafond des nuages et prêta l'oreille au chuintement de la fontaine, avant de reprendre d'une voix plus posée :

– Je n'agis que dans un seul but : élever l'humanité au rang d'espèce dominante, douée de pensée, de sentiment, d'intelligence. Veux-tu donc que ce monde soit dévolu aux Titans, aux autres monstres enfantés du passé ?

– Où serait le mal ? La place des humains se trouve parmi les proies. Qu'ils agissent entre eux comme des prédateurs m'indiffère. D'ailleurs, qui ordonne que l'homme doive supplanter les autres races ? Nous sommes là pour être vénérés par eux, non pour les encourager à contrarier notre règne.

– Mon père Chronos professait la même chose. Ne rien faire. Contempler. Et dévorer. Moi, je désire qu'une rivière paisible devienne torrent, qu'un lac devienne océan, qu'une étincelle devienne incendie... Il ne me convient pas de vivre une éternité devant le même paysage.

– Ou le même visage de femme. C'est l'aspect impatient de ta personnalité.

– Les hommes éduqués seront pour nous une distraction de tous les instants. Capables de réfléchir par eux-mêmes, ils seront pour nous source de questionnement, et même... d'amusement. Ils n'en seront pas moins dévots à nos personnes. Au contraire. Et dans ce but...

Il marqua un silence pour que ses paroles s'ancrent puissamment dans l'esprit de sa compagne :

– ... Et dans ce but, je destine le trône de Tirynthe à mon fils, cet enfant d'Alcmène promis à un destin hors du commun, celui de guider ses semblables en modèle.

– Il est trop tard pour cela, lâcha froidement Héra.

– Trop tard ? s'étonna Zeus en redoutant le pire. Que veux-tu dire ?

– Eurysthée, fils de Sthélénos, a déjà vu le jour. Selon la coutume, le premier né d'une maison devient roi. Il est plus légitime que ton bâtard.

– Eurysthée ? s'étrangla le maître des dieux. Tu as osé me devancer ?

– Comme c'est étonnant, fit mine de s'extasier Héra. Dire que l'on croyait la reine Nicippé incapable d'enfanter... Et voilà qu'en moins de temps que la plupart des mortelles, elle donne un héritier à son noble époux, son époux légitime, note bien, pas un aventurier traîtreusement travesti qui se fait passer pour tel par une nuit sans lune. Il faut croire qu'en priant chaque jour dans mon temple, elle s'est attiré mes bonnes grâces.

– Je promettais ce trône à mon fils, afin qu'il en fasse un phare de civilisation !

– Eurysthée régnera. Roi de Tirynthe d'abord, et ensuite, un jour, Argos.

– Cela ne se peut pas.

– Considère que tu paies là ce que tu me dois. Et cette rançon n'est pas négociable.

Consterné, Zeus porta le regard sur ses sandales.

– Tu as agi par aveuglement et dépit, sans mesurer les conséquences de ton caprice. Argos est un poignard dans cette région du monde, toujours prêt à frapper pour le seul appétit de la conquête. L'idée même qu'un Eurysthée en devienne le maître... De cette folie pourraient naître les germes qui précipiteront notre fin...

– Qu'en sais-tu ? Eurysthée sera un enfant remarquable et précoce, plus tard un prince qui enseignera à son peuple la dévotion à ma personne. Il fortifiera sa cité par des actes barbares qui assoiront sa renommée. La fermeté. Tout ce que j'aime chez un monarque...

– Tu parlais de l'apaisement que procurent ces aimables tableaux chantés, se moqua tristement Zeus, mais il n'y a que haine et jalousie qui coulent de ta bouche. Rien ne te touche. Rien ne t'émeut.

Héra abandonna sa couche pour faire face à son époux en lissant sa traîne d'une chiquenaude.

– Je serai émue quand je te verrai en pleurs frapper le sol de rage, ainsi que je l'ai fait moi-même chaque fois que tu m'as trompée.

– Cela ne change rien à mon amour pour toi. Il brille dans mon âme avec la même force que le premier jour, où je t'ai surprise te baignant dans la source pure de Canathos...

Héra le fixa de ses yeux de chat en se soustrayant délicatement à son étreinte.

– Tu veux dire, le jour où tu m'as forcée à devenir ta femme ? Nous n'avons rien en commun. Il n'y a pas d'amour entre nous, seulement la même soif de pouvoir. Et dis-toi bien une chose : j'ai à cœur de contrecarrer chacun de tes projets. Dresse un mur, et je trouverai un bélier assez fort pour le renverser. Sème une forêt, je volerai ta foudre pour l'incendier. Je maudis ton nouveau fils, né de la duperie et de l'adultère. Il ne sera jamais roi. Jamais. Nulle part. Car si tu as perdu toute mesure et toute lucidité, j'en ai pour deux. Les anciens dieux sont terrifiés des libertés que tu prends et des plans d'avenir que tu échafaudes car ils craignent d'être définitivement rejetés dans l'oubli. Ils fomentent dans les souterrains, ils répandent leurs cris d'alarme, mais tu ne les entends pas, occupé que tu es à offrir à l'homme une liberté qu'il ne réclame pas, et qu'il n'est pas apte à assumer. Prends bien garde, car, moi, je sens les tremblements de la terre sous nos pieds, et ce fils chéri pour lequel tu manigances un si grand destin ne te sera d'aucun secours, le moment venu.

Zeus souffla sur l'eau des bassins, formant des vagues étranges qui ondulèrent avec des reflets de soie.

– Je n'entrevois de l'avenir que des contours flous, admit-il. Je n'ai aucune prise sur lui. Mais ce que je pressens, c'est que chacun de nos actes porte sa conséquence à long terme. Héra, ne ressens-tu rien quand l'imprévu se produit, qu'un miracle s'accomplit et embellit ce monde d'une lumière inattendue ? N'es-tu pas émue par l'apparition d'une nouvelle étoile, la naissance d'une nouvelle montagne ?

Héra n'entendait plus. Elle avait déjà quitté les lieux. Zeus lâcha un soupir et puisa l'eau du bassin dans le creux de sa main divine afin de se désaltérer. Il décela soudain de furtifs reflets d'argent qui s'agitaient dans ses vaguelettes. Une myriade de minuscules poissons s'agitait dans le lac formé par sa paume, dont la vue ramena un sourire sur ses augustes lèvres.

– Qui peut nommer l'avenir ? murmura-t-il. Et qui peut le défaire ?

CHAPITRE 9

# LE SACRIFICE

Le vent nocturne avait tiédi. Des effluves d'eucalyptus emplissaient l'air et, peu à peu, Galanthis céda à un doux engourdissement. Ses paupières s'alourdirent, son esprit s'évada. La servante se revit dans le potager de son enfance, là où ses parents cultivaient avec amour les quelques légumes juste suffisants à nourrir leur famille nombreuse. C'était dans ces régions du Nord copieusement arrosées, au pied de ces montagnes qui touchent le ciel. Elle s'imagina de retour au potager, à cueillir en sautillant ces grossiers tubercules dont on faisait les soupes, son panier au bras, appelant régulièrement son père qui labourait non loin... Et soudain, le sol s'ouvrit devant elle. Une bête immonde se dressa et un cri de terreur se forma dans sa gorge, qui l'arracha à son demi-sommeil.

Le pressentiment de menace fut si fort qu'emplie de crainte, elle se pencha sur le bouclier qu'elle berçait du pied, au creux duquel les deux nouveau-nés avaient été couchés, l'un contre l'autre... Cette fois, le cri franchit le seuil de ses lèvres : deux énormes serpents à rayures bleues enserraient les poitrines nues des nourrissons. Leurs têtes écailleuses dansaient au-dessus de leurs proies en crachant tandis qu'ils resserraient lentement leur emprise mortelle. Les enfants s'étaient éveillés mais incapables de pleurer, si près de la suffocation, ils se contentaient d'ouvrir la bouche pour happer l'air en goulées désespérées.

Galanthis trouva le courage de frapper les reptiles, mais ces féroces étrangleurs se retournèrent vivement contre elle et l'obligèrent à battre en retraite. Par bonheur, le vacarme avait alerté Amphitryon et il survint hirsute, l'épée au poing, visiblement tiré du lit.

– Que se passe-t-il ?

Incapable de proférer une parole, la servante lui désigna le berceau de bronze où s'accomplissait le forfait. Le Mycénien se précipita en levant son arme, prêt à défendre sa progéniture, mais il se figea, comme frappé par la foudre devant le spectacle offert. Alcide tenait fermement les serpents à la gorge, l'air circonspect. Ses petits doigts boudinés avaient brisé leurs vertèbres avec la force d'un étau.

– Par Zeus ! murmura Amphitryon, sidéré.

Alcmène survint sur ses entrefaites et avant que son époux ait pu l'en écarter, elle assista comme lui à cet incroyable spectacle et étouffa un sanglot entre ses mains.

– Quelle horreur... Iphiclès ! Alcide ! Et...

– Là, là, ils vont bien, la tranquillisa Amphitryon en prenant les enfants dans ses bras.

– D'où viennent ces bêtes? s'effara Alcmène.

– Des couleuvres des champs, probablement, tenta d'expliquer le prince. La fraîcheur les aura attirées à l'intérieur.

– Ne mens pas. Quelque chose est en train de se passer ici. Je sens ce même vent de mort que le soir où je les ai mis au monde.

Amphitryon serra sa femme contre lui.

– Je t'en prie. Le danger est loin, tu peux me croire. Les enfants sont saufs. Alcide a tué les serpents. Il possède une telle force... Tiens, prends Iphiclès avec toi. Oui, c'est cela... Calme-le.

– Et Alcide ?

– Je reste un instant avec lui. Je t'en prie, retourne te coucher, tu es encore faible...

Alcmène se laissa ramener dans sa chambre par Galanthis en pressant Iphiclès contre son sein, non sans jeter des regards inquiets par-dessus son épaule. À l'aide de son épée, Amphitryon débarrassa le berceau des reptiles morts avant de considérer Alcide avec une expression de terreur superstitieuse.

– C'est donc toi..., constata-t-il. Toi, Alcide, le fils de...

Il n'acheva pas et préféra se mordre les lèvres car des serviteurs arrivaient déjà pour évacuer les cadavres. Il les arrêta d'un geste :

– Ne touchez à rien. Ces serpents ne sont pas d'une espèce ordinaire. Allez quérir l'oracle Tirésias. Portez-le sur vos épaules s'il le faut, mais je veux qu'il vienne sur-le-champ.

Resté seul, il sonda le visage boudeur du nourrisson frangé de cheveux crépus, et son regard si sombre sous l'arcade des épais sourcils.

– Tu es né sous une mauvaise étoile, fils de Zeus, murmura-t-il. Es-tu réellement pour partie homme, et pour partie dieu ? Tu sembles si ordinaire... À part cette force...

Alcmène ne s'était pas trompée. Depuis la double naissance et la visite des trois vieilles femmes, un climat malfaisant pesait sur la maison. Amphitryon savait reconnaître les manifestations divines quand il en était témoin et, assurément, ce qui venait de se passer ce soir le confirmait dans son pressentiment qu'une menace rôdait autour des siens. Tirésias fut introduit sur ces entrefaites.

– Est-ce que tu m'as tout dit, l'autre nuit ? questionna Amphitryon sans ambages.

– Je serais venu en toute hâte si tu me l'avais demandé, protesta l'aveugle, il n'était nul besoin de me faire conduire de force...

Amphitryon dédaigna ses récriminations.

– À des questions précises, je veux désormais des réponses claires, non des devinettes... Approche, et constate par toi-même... Si tu le peux.

Tirésias s'avança vers Alcide en élevant sa main osseuse de façon prophétique, et son visage, soumis à la plus intense des concentrations, exprima une souffrance qui sema le trouble chez le Mycénien.

– Le voici donc, l'enfant de la foudre, marmonna l'oracle. Celui qui doit changer la face du monde et le cœur de ses semblables...

– Des serpents ont manqué l'étouffer, lui et son frère ! s'emporta le prince. Et s'il ne leur avait brisé le cou...

– Ces serpents sont-ils rayés de bleu ? Alors ils appartiennent à Héra, estima l'oracle. Je te l'ai dit. Alcide vivra poursuivi à jamais par la rancœur de l'épouse de Zeus. S'il vit. L'avenir se brouille devant mes yeux, comme si plus rien n'était certain. Deux volontés terrifiantes s'affrontent en un duel sans merci.

– Sa vie est donc en danger ? Que dois-je faire ? Je suis prêt à toutes les offrandes, tous les sacrifices.

– Cela ne suffira pas, avertit Tirésias. Tu dois le cacher loin d'ici, sauf à attirer sur lui, et sur toi, des calamités dont tu n'as pas idée.

À l'énoncé de cette sentence, Amphitryon sentit son courage l'abandonner.

– C'est impossible. Je préfère mourir pour cet enfant, car il est celui de mon épouse bien-aimée, cela m'est égal. Quoi qu'il advienne, ma vie est accomplie. Mais endurer un tel supplice, souffrir une telle séparation...

– Tu es un noble prince, apprécia Tirésias, mais tu dois te convaincre que j'ai raison et que Zeus par ma bouche dicte le plus sage des arrêts. Cette nuit même, porte l'enfant dans l'endroit le plus sauvage de ta connaissance, le plus oublié, le plus arriéré, et abandonne-le. Puis à l'aube, après que le coq aura chanté trois fois, tu disposeras un bûcher de joncs et de ronces dans ton jardin où tu brûleras les cadavres de ces serpents. Une servante devra en disperser les cendres hors de la cité et revenir ici sans se retourner. Choisis la plus sage, la plus fidèle... Galanthis, qui a osé défier les Parques... Balaie les couloirs et les terrasses avec des branches d'olivier sauvage, et fais brûler du soufre dans les vasques, seule manière de dissiper les maléfices. Quand ces tâches seront accomplies, sacrifie un sanglier sur l'autel de Zeus. Cela devrait détourner pour un temps la colère d'Héra à l'égard d'Alcide. Puis attends.

– Attendre ? se récria Amphitryon. Combien de temps? Quel enfant pourrait survivre dans le lieu que tu décris?

– Le destin d'Alcide n'est pas entre tes mains, noble prince. Il survivra. Son père veille sur sa destinée. Un jour, il reviendra vers toi, à un moment choisi par lui.

Amphitryon considéra le nourrisson qui babillait, indifférent à ce qui se tramait autour de lui. Et les paroles qu'il prononça lui déchirèrent l'âme.

– Je m'en remets à toi, Tirésias, concéda-t-il.

CHAPITRE 10

# LA VALLÉE DE L'OUBLI

Alors qu'il franchissait le seuil de la maison en serrant Alcide contre lui, Amphitryon éprouva l'envie de retourner sur ses pas, de recoucher l'enfant aux côtés de son frère, au creux du bouclier de bronze. L'envie d'effacer de sa mémoire les terribles heures qui venaient de s'écouler, l'attaque des serpents, la prophétie de Tirésias... Il aurait voulu par-dessus tout apaiser les sanglots d'Alcmène, qui lui labouraient le cœur. Pourtant il ne céda pas à cette tentation. Un homme ne pouvait se dresser contre un arrêt des dieux, d'autant plus s'il était porté par la voix de Tirésias, l'aveugle sacré. Du moins était-ce la certitude du Mycénien, qui avait grandi dans la stricte observance des rites et la soumission au pouvoir des maîtres de l'Olympe.

Amphitryon grimpa sur son char en protégeant le nouveau-né sous les pans de son manteau, et il allait fouetter son attelage quand Alcmène surgit de la maison, échevelée comme une démente dans la lumière des torches. Elle s'agrippa désespérément aux rênes, bien décidée à ne pas laisser son époux accomplir la terrible sentence.

– Arrête ! Tu ne peux pas ! C'est notre fils ! Nous braverons la colère d'Héra, mais je t'en conjure, pas ce crime !

– Je t'en supplie, ne rends pas les choses plus difficiles. Si nous gardons Alcide ici, tôt ou tard, il mourra ! Nous ne sommes pas de taille à le protéger.

– Tu es un monstre, voilà ce que tu es ! Si tu accomplis un pareil crime, ne reviens plus jamais ! Jamais !

Amphitryon ne put soutenir l'accusation de la mère éplorée. Meurtri par le remords, autant que par le lourd secret qu'il lui était impossible de révéler, il lui fit lâcher prise et grimpa sur son char. Il donna du fouet et jeta l'attelage dans la nuit venteuse, fuyant Thèbes par des chemins détournés pour ne pas attirer l'attention. Emmitouflé dans sa couverture de laine, le nourrisson observait ce qui se passait autour de lui avec une expression soucieuse, jouant parfois avec ses mains comme pour tromper son inquiétude grandissante.

Amphitryon s'enfonça dans la Vallée Oubliée, qu'il connaissait pour y avoir souvent chassé. Les frondaisons agitaient leur houle malveillante au-dessus de sa tête. À mesure qu'il poussait dans les profondeurs de la forêt, Alcide était gagné par l'inquiétude et s'agitait en donnant des coups puissants. À chacun d'eux, le père grimaçait car ils étaient d'une force semblable à celle d'un adulte. Le babil de l'enfant devint pleurs, mais rien n'entama la résolution du prince. Sur le seuil d'une gorge bordée de rochers sauvages, Amphitryon arrêta les chevaux et descendit pour accomplir le restant du chemin à pied. Là, parmi les fourrés d'épine, il déposa son fardeau vagissant sur la crête d'un rocher. Il ne voulut pas donner à son cerveau le temps de réaliser l'horreur de ce geste, et revint sur ses pas sans s'attarder. Le cœur broyé par le chagrin, il reprit les rênes de son attelage et le fouetta de toutes ses forces.

Quand il aperçut les remparts de Thèbes qui se découpaient dans le jour naissant, il dut s'arrêter sur le bord de la route et se pencher pour vomir.

CHAPITRE 11

# LE LAIT DIVIN

Les loups, attirés par la proie facile, dévalèrent par dizaines les pentes de la combe. Ils coururent haletants dans le mince ruisseau, leur museau au ras du sol, en se mordillant avec cruauté pour s'assurer la meilleure place pour la curée. Arrivés au bas du rocher sur lequel Alcide avait été déposé, ils se livrèrent à mille querelles pour désigner celui qui aurait le privilège de donner l'assaut en premier. Il y en eut un qui finit par tromper la vigilance de ses semblables et parvint à se hisser maladroitement jusqu'au nourrisson. Il allait planter ses crocs dans la chair laiteuse quand il reçut une sévère gifle de la part de l'enfant. Déséquilibré, il retomba au sein de la horde, qui ne se priva pas de le brimer sévèrement pour son coup d'audace.

Alors les loups tournèrent autour du rocher, cette forteresse où leurs pattes peinaient à trouver prise, méditant sur la meilleure stratégie à adopter pour arriver à leur fin... jusqu'à ce qu'un pressentiment ne les dresse en alerte. Un torrent de brume noire s'engouffrait dans la combe, recouvrant tout sur son passage. Ils s'unirent pour faire face car ils n'avaient aucune intention d'abandonner le festin promis. L'homme au manteau usé qui surgit des volutes n'eut cure de ce rempart de crocs et de griffes. Il n'eut qu'à brandir son bâton noueux pour provoquer aussitôt la débandade des prédateurs. Quand le silence ne fut plus empli que par le babil du nourrisson abandonné, il s'approcha, saisi de tendresse autant que d'admiration. Il nota ses cheveux crépus, ses forts sourcils, son visage dénué de grâce. Il crut reconnaître dans son regard au sombre métal le reflet de l'infinité du ciel et il ne l'aima que davantage.

– Mon fils..., murmura Zeus. Tu es né sous de terribles oracles, mais la colère d'Héra n'éteindra pas les espérances que je fonde sur toi. Tu dois survivre. Tu dois accomplir. C'est pour cette mission que je t'ai donné le jour.

Le maître des dieux lui offrit sa poitrine puissante pour refuge à la froideur de la combe, autant que celle du monde haineux, et son regard ombrageux embrassa les environs.

– Tu ne laisseras jamais les loups menacer les brebis, ni les puissants écraser les faibles. Tu châtieras les injustices et les bassesses. Les hommes sont faibles, prompts à suivre leurs pires penchants. Tu combattras leurs vices en les gouvernant de la meilleure manière. Tu seras un roi, un guide, un modèle, car la meilleure vigne ne peut croître sans échalas. Ce sera une lourde tâche pour laquelle ta force ne suffira pas...

Zeus le prit entre ses bras, et le recouvrit d'un pan de son manteau.

L'instant d'après trouva le dieu traversant des galeries silencieuses de l'Olympe, son petit protégé serré contre lui. Il enjamba les faunes et les nymphes qu'un charme mystérieux avait assoupis. Désormais vêtu de sa traîne divine, il gravit les hautes marches interdites jusqu'aux appartements d'Héra. Il se faufila parmi les dais de soie et d'or qui tissaient des rêves embaumés au-dessus de la déesse. Zeus éprouva un trouble à la vue de son épouse elle aussi victime du charme, et en cet instant si vulnérable. Malgré lui, il se souvint de ce temps pas si lointain, où elle et lui tissaient des liens d'amour en de secrètes grottes du mont Hélicon... Ou leur rire complice résonnait dans les vallées de Béotie. Hélas, ce bonheur-là était bel et bien achevé.

La réalité de l'instant dissipa les images du passé enfui.

Il glissa Alcide sur le sein de son épouse, où celui-ci puisa, affamé, le lait de la plus noble des nourrices qui en permanence y coulait. Dans son sommeil, Héra exhala un soupir de désagrément. Quelque pressentiment devait l'alerter au creux de son profond sommeil et Zeus comprit qu'il ne pouvait tarder davantage. Il reprit vivement le fils d'Alcmène dans ses bras et s'empressa de quitter les lieux au plus vite.

À peine avait-il disparu qu'Héra se redressa brusquement sur sa couche et porta la main à sa poitrine. Elle éprouva sur ses doigts la tiédeur d'une goutte de lait, et un hurlement de rage s'échappa de ses lèvres déformées. Elle se rua dans l'escalier de nuages et fouilla chaque salle qu'elle trouva sur sa route avec la furie d'une tornade, semant la panique parmi les hôtes du palais céleste, que ses cris terrifiants avaient réveillés. Elle termina sa course dans une salle sombre éclairée par une vasque unique, dénuée de meubles et d'ornements.

Zeus paraissait l'y attendre, son égide au poing, les yeux levés au plafond.

– Toi ! Sale débauché ! Immonde crapaud ! l'accusa-t-elle. Cela ne t'a pas suffi de me tromper en te vautrant dans la couche d'une humaine ? Tu as osé pénétrer dans ma chambre avec ton bâtard et lui faire boire mon lait ! Le lait d'une immortelle ? Es-tu devenu fou ? Sais-tu ce que cela signifie ?

– Que cet enfant aura non seulement une force dépassant l'entendement, mais qu'il sera pour ainsi dire invulnérable aux blessures et aux maladies..., répondit tranquillement Zeus.

– Tu m'as bernée ! Tu m'as humiliée ! Demain, l'Olympe tout entier connaîtra ta forfaiture !

– Uniquement si tu la colportes. Le feras-tu ? C'est la question. Donneras-tu à tes ennemies, que je sais nombreuses parmi les autres déesses, l'occasion de se moquer de toi ?

– Tu es un fourbe monstrueux. Je veux l'enfant, entends-tu ? Je veux ce bâtard pour le donner en pâture à mes béliers mangeurs de chair !

– Il est trop tard, femme. Il est déjà loin, hors de ta vue. Pour le temps des humains, tu n'as que trop dormi.

Un horrible soupçon s'immisça en Héra et la poussa vers la croisée qui donnait sur le vaste monde, qu'elle pouvait deviner au travers des nuages.

– Non, c'est impossible... Déjà !

– Je suis le maître du temps. Je décide de sa course, je peux l'étirer ou le froisser à ma guise, ainsi que tu fais d'une étoffe. Celui que tu appelles bâtard est déjà grand à cette heure, et il accomplira les exploits auxquels je l'ai destiné. Et tu ne pourras rien contre lui, car selon ces lois supérieures qui gouvernent nos actes divins, ces lois dont tu aimes tant me rappeler l'existence, tu ne peux lever la main contre quiconque s'est nourri à ton sein...

Héra devint d'une pâleur mortelle, consciente que Zeus venait de lui infliger un coup fatal. Pourtant, elle savait se dominer avec aisance, pour, en plus de sa défaite, ne pas offrir le spectacle de son humiliation. Elle força ses lèvres à un sourire, son buste à une révérence :

– Soit, cette manche est pour toi. Je ne saurais m'élever contre tes projets si ambitieux. Pourtant, je te le répète : Alcide ne sera jamais roi. Il ne possédera aucune couronne et vivra tel un esclave tout au long de son existence.

– J'admets qu'il ne puisse devenir roi, mais il suivra sa destinée. Et il portera un nom qui fera ta gloire.

Sur ces paroles, l'égide se transforma en éclair de foudre et frappa le marbre à ses pieds, formant sept lettres comme autant de précipices fumants. Et Héra, aveuglée par leur éclat, dut détourner son regard...

CHAPITRE 12

# PARMI LES BÊTES

Vint le temps de l'effroi.

Alcide erra à demi nu parmi les rochers, sous l'entrelacs des branches décharnées. Quand il fut cerné de taillis hostiles, sa force lui permit de les écarter. Quand une souche se dressa sur son passage, il parvint à la dégager. Autour de lui, tout n'était alors qu'ombres menaçantes, et la nuit s'emplissait de hurlements à glacer le sang. Il se réfugia dans les failles et se couvrit de boue pour passer inaperçu.

Vint le temps de la faim et de la soif. Alcide lapa longuement l'eau des rivières, à la façon des bêtes. Il remarqua le frétillement inexpliqué dans les remous et plongea sa main pour en retirer des poissons qu'il dévora crus. Puis il observa que d'autres animaux, comme lui, venaient là se désaltérer. Il prit pour habitude de se mettre à l'affût, et d'attendre l'instant où ils lui tournaient le dos pour leur bondir dessus et s'en repaître.

Vint le temps du froid.

La neige égrena sa lèpre blanche, estompant ciel et terre. Le soleil oublia la contrée et la peau d'Alcide s'enflamma sous la morsure glacée. Il se tapit alors au fond de sa grotte et se couvrit de branches de sapin. Puis il frotta deux pierres au-dessus d'un nid d'oiseau déserté. Les étincelles embrasèrent son premier feu, auprès duquel, grelottant, perdu, il trouva le réconfort.

Puis vint le temps des loups.

Ils n'avaient pas oublié son odeur, ni l'intervention divine qui l'avait pour un temps sauvé de leurs crocs. Tenaillés par la faim, le museau au ras du sol, ils finirent par retrouver sa trace et firent le siège de son repaire. D'abord, Alcide leur lança des pierres, dont il avait fait ample provision. Chacune d'elles, lancées avec précision, éclaircissait les rangs des prédateurs, mais il n'y en eut bientôt plus. Et les loups pénétrèrent dans le réduit. Acculé, Alcide fit face.

Le chef de la meute, plus large et massif que ses frères, se jeta sur lui, la gueule chargée de bave. Alcide l'embrocha sèchement sur l'épieu qu'il s'était confectionné dans un bois d'olivier, et il le rejeta au milieu de la horde, stupéfaite par la perte de son meneur. Alors Alcide brandit sa pique improvisée couverte de sang et, cette fois, les loups l'abandonnèrent définitivement

Car le temps de l'enfant-dieu était venu...

CHAPITRE 13

# LE VOLEUR DE POMMES

Assis au milieu de la cour, le jeune Iphiclès jouait seul aux dés pour tuer le temps. Il avait observé les hommes se divertir ainsi à la taverne, et il lui tardait, le jour venu, de prendre part à leurs parties sans fin. Aussi s'entraînait-il avec la même rigueur avec laquelle il étudiait les mathématiques et la philosophie : méthodiquement, refusant toute distraction. Absorbé par cette tâche aussi essentielle, il ne prêta d'abord aucune attention aux aboiements de Thrasios. Ce dernier avait coutume de donner de la voix à l'approche du moindre passant. Puis ce concert devint si assourdissant qu'Iphiclès consentit enfin à délaisser son jeu pour s'enquérir de ce qui l'excitait de la sorte.

Il découvrit son chien dans le petit verger qui jouxtait la demeure – luxe rare dont peu de familles de Thèbes pouvaient se prévaloir – assis au pied d'un pommier qu'il semblait invectiver avec rage.

– Tu n'as pas un peu fini ? le tança Iphiclès. Tu me casses les oreilles !

Loin de lui obéir, Thrasios s'entêta en grondant, oreilles dressées, queue agitée, si bien qu'Iphiclès se tordit le cou pour découvrir enfin l'objet de son mécontentement : une pomme dans la bouche, un voleur tentait de se dissimuler tant bien que mal au milieu du feuillage. La première intention d'Iphiclès fut d'appeler les serviteurs, mais son intelligence et sa finesse de jugement, très réputées parmi les garçons de son âge, le firent se raviser. Il se para de toute sa majesté et interpella l'intrus.

– Toi ! Oui, le gros écureuil ! Tu as une idée du châtiment qui t'attend si on te découvre ici ?

Une main hésitante écarta le feuillage et un jeune visage apparut, qu'on eût dit buriné dans la pierre brute, au front épais, aux pommettes puissamment modelées. La chevelure qui l'encadrait était si noire et hirsute qu'Iphiclès ne sut au premier abord s'il avait affaire à un homme ou à l'une de ces créatures fantastiques que les aèdes évoquaient au cours de leurs épopées.

– Descends, je ne te ferai aucun mal, promit le fils de la maison.

Il n'était pas du tout certain d'être en position de force, face à ce petit taureau encroûté de crasse, mais la certitude d'être dans son droit lui conférait assez d'autorité pour donner le change.

– Descends donc ! insista-t-il en croisant les bras, ainsi que son père avait coutume de faire quand il prenait une décision irréversible. Tu risques le cachot pour être seulement entré ici. Comme en plus, je t'ai pris à voler... La punition sera sévère. Mais si tu me dis ton nom, et d'où tu viens, j'oublierai que tu m'as dérangé... en pleine étude.

Le sauvageon chercha une issue pour fuir, mais le chien continuait d'aboyer en tournant autour de l'arbre. Il recracha la pomme à demi mâchée, se gratta les aisselles, puis finalement sauta de son perchoir. Dans son geste, une ribambelle de pommes échappa des plis de son infâme peau de bête qui lui tenait lieu de tunique. Il tenta maladroitement de ramasser son butin mais Thrasios l'en dissuada en montrant les dents.

– La paix, maudit chien ! le sermonna Iphiclès. Ce n'est pas des façons de traiter un hôte ! Retourne à l'intérieur, va !

Le chien battit en retraite à contrecœur et son départ eut le don de rassurer le voleur.

– J'aime pas les loups..., maugréa le primitif.

– Un loup ? Thrasios ? s'esclaffa Iphiclès. D'habitude, la moindre souris l'effraie. Et toi, qui es-tu ?

Pour un peu, je pensais que tu ne savais pas parler.

– Pas de nom, bougonna le mal dégrossi.

– D'où tu viens, au moins ? Tu as bien un père, une mère ?

– Pas de mère, pas de père. Je viens...

Il esquissa un geste vague vers le lointain, et Iphiclès en conclut définitivement qu'il avait affaire à l'un de ces demeurés qui erraient sur les chemins en quête de leur esprit perdu. Pour autant, quelque chose l'intriguait dans son attitude, car il regardait autour de lui avec obstination, comme si les lieux éveillaient en lui des souvenirs. La pensée traversa Iphiclès qu'il n'avait peut-être pas choisi sa maison par hasard.

– Tu sais où tu te trouves ? s'enquit-il en adoptant le ton d'un professeur.

– Thèbes ? avança l'adolescent, sans en être visiblement convaincu.

– Oui, Thèbes. Et ici, tu es dans le vieux quartier de la Cadmée, là où habitent les nobles, tel mon père, le prince Amphitryon, conseiller personnel du roi Créon. Ce jardin, ce palais, et ce pommier, en particulier, lui appartiennent.

Son interlocuteur n'avait pas l'air de comprendre parfaitement le sens de ses paroles, et Iphiclès allait poursuivre son cours lorsque les sentinelles firent soudain irruption dans le verger, javelots au poing. Elles se seraient jetées sur l'intrus si celui-ci n'avait eu la présence d'esprit de remonter prestement dans l'arbre. Quelque serviteur avait dû surprendre la scène et donner l'alarme en craignant pour la sécurité du fils de la maison.

– Un instant ! tenta de les arrêter Iphiclès. Ne lui faites aucun mal, il n'est pas dangereux !

Menaces et éclats de voix fusaient en tous sens quand Amphitryon en personne, éveillé de sa sieste par tant de vacarme, se dressa à l'entrée du verger. Sa barbe avait épaissi, et ses cheveux étaient filetés de gris sur ses tempes, mais pour autant l'ancien vainqueur de Ptérélas et des Taphiens n'avait rien perdu de son autorité.

– Que se passe-t-il, ici ? s'enquit-il, et chacun se figea au seul son de sa voix.

– Seigneur, plaida l'un des gardes, un voleur s'est introduit dans ta maison. Nous l'avons surpris en train de menacer ton fils.

– Non, pas du tout, se hérissa Iphiclès. C'est... C'est un ami que j'ai laissé entrer.

– Oh ? fit mine de s'étonner Amphitryon en faisant le tour du pommier afin de mieux observer l'accusé accroupi sur sa branche. Tu recrutes tes amis parmi les bêtes sauvages de la forêt ? Qui est-ce ? Un sujet d'étude ?

– Il n'a pas de nom, admit Iphiclès, mais il n'est pas méchant. Et c'est ma faute. C'est moi qui l'ai autorisé à prendre ces pommes. Il mourait de faim. Il n'a pas de parents.

Amphitryon couva son garçon d'un regard ombrageux où luisait cependant une évidente bienveillance.

– Vous avez entendu le prince, annonça-t-il aux soldats. Retirez-vous, il n'y a aucun danger. Puisqu'il ne saurait mentir, n'est-ce pas ?

À la question, Iphiclès sentit ses joues devenir aussi rouges que les pommes jonchant l'herbe. Après que la garde se fut retirée, Amphitryon se pencha vers son fils, sans quitter des yeux l'homme-singe qui observait la scène du haut de sa branche.

– Courageux de ta part, apprécia-t-il à mi-voix, de vouloir protéger un étranger pouilleux qui ne t'est rien, mais tu seras puni car le mensonge est toujours condamnable. C'est la voie facile qu'empruntent les imbéciles. Apprends à raisonner, et à plaider. Ainsi l'on obtient un résultat supérieur, et plus honorable pour le confort de l'esprit.

– Je m'en excuse.

– Pour commencer, conduis ce... ton ami aux cuisines. Veille à ce qu'il mange et boive à sa convenance, car je doute que ces pommes aient satisfait son appétit. Puis tu le laveras.

– Quoi ? Moi ? Mais c'est la tâche d'une servante ! Et... il pue !

Amphitryon fronça les sourcils, et Iphiclès compris qu'il ne saurait s'élever contre la sentence. Ce ne fut pas une mince affaire de convaincre le sauvageon de suivre son bienfaiteur dans la maison, ni de l'installer dans la cuisine encore déserte à cette heure pesante de l'après-midi. Iphiclès avait accès aux réserves et il déploya un festin de galettes et de fruits sur la table en bois. La première hésitation passée, son invité nettoya les bols et les assiettes sans paraître jamais rassasié, et quand enfin il s'essuya la bouche d'un revers de main des plus vulgaires, le fils d'Amphitryon ne cacha pas son soulagement.

– Par les dieux, j'ai cru que tu viderais le garde-manger ! On n'a pas idée d'avoir un tel estomac ! Père m'a demandé de te laver, alors ne me rends pas les choses difficiles. Viens, je vais...

Manifestement, il n'était pas dans les intentions de l'invité de se soumettre à cette torture et il se serait esquivé sans attendre si, à cet instant précis, il n'avait été soudain captivé par l'apparition d'une très belle femme au chignon serré, vêtue d'une modeste tunique serrée à la taille par une ceinture des plus simples. La princesse Alcmène venait sûrement s'enquérir de ce qui causait tant d'agitation à l'heure de la sieste et elle tomba en arrêt devant le jeune ogre.

– Mère, tu aurais dû rester couchée par cette chaleur, sermonna doucement Iphiclès. Ce n'est pas conseillé de...

– Qui est-ce ? l'interrompit Alcmène.

– Il n'a pas de nom. Je l'ai trouvé dans le verger. Il...

Alcmène leva sa main pour imposer le silence à son fils. Elle n'arrivait pas à détourner son regard de l'intrus. Elle s'en approcha les doigts tendus, contenant mal l'envie d'effleurer son visage.

– Alcide ? interrogea-t-elle dans un murmure. Tu es Alcide, n'est-ce pas ?

Embarrassé, Alcide recula. Elle devina son mouvement pour fuir, et s'agenouilla devant lui.

– Non, ne pars pas ! Alcide... Je sais que c'est toi. Les dieux m'avaient prévenue en rêve que tu reviendrais bientôt...

La première réaction d'Iphiclès fut de s'esclaffer.

– Alcide ? Mère, tu ne peux pas connaître cet ours, il...

Le visage d'ordinaire si triste de sa mère s'éclairait d'une telle joie qu'Iphiclès s'interrompit, conscient qu'un prodige était en train de s'accomplir.

– Iphiclès, révéla Alcmène comme dans un songe, j'ai toujours su qu'il nous reviendrait un jour. Oui, j'en étais persuadée... Alcide est né la même nuit que toi... Alcide est ton frère.

CHAPITRE 14

# LA CÉRÉMONIE

En ce soir de réjouissances solennelles où le retour d'Alcide devait être annoncé officiellement, Amphitryon n'avait pas lésiné sur les mets raffinés. Il avait ordonné qu'on fasse rôtir des chevreaux et des porcelets, veillé à ce que l'on dresse des tables chargées de fruits et de galettes. De même, il avait fait ouvrir ces amphores de vin de Crète réservées aux grandes occasions, en recommandant de ne pas trop les éclaircir d'eau. Il avait invité tous les notables de Thèbes, les officiers de la garde – pour ceux qui n'étaient pas de service –, les grands commerçants et les autres conseillers du roi Créon.

Profitant du temps clément, les serviteurs avaient dressé de larges vasques aux quatre coins du jardin pour y brûler des essences rares dont les effluves subtils se répandaient dans la nuit. Iphiclès se sentait en joie, et il se hâta dans l'escalier pour rejoindre sa mère qui terminait ses préparatifs. Il pénétra dans sa chambre à l'instant où elle passait un peigne serti de pierres précieuses dans ses cheveux d'ambre. Peut-être ses joues s'étaient-elles creusées sous le ressac du chagrin, peut-être l'éclat de ses yeux s'était-il terni après tant de nuits sans sommeil, pourtant ce soir, elle avait recouvré l'apparence d'une jeune fille et l'éclat de sa beauté naturelle. Son fils lui-même s'en extasia :

– Mère ! Comme tu es superbe... Et c'est une si belle nuit... Où est Alcide ? Je ne le trouve nulle part.

– Il est probablement avec ton père. Ils devaient parler tous les deux. Viens.

Iphiclès s'approcha docilement. Elle lui remit une mèche en place sur le front avec une tendresse ineffable.

– Cela fait beaucoup de changements pour toi en si peu de temps... Et aussi, sûrement, beaucoup de questions sans réponses.

– Ne t'inquiète pas, je t'assure. J'avais toujours rêvé d'avoir un frère, et en découvrir un de mon âge, cela tient tout simplement d'un miracle inespéré. Pourquoi ne m'en avoir jamais parlé ?

– C'était délicat, Iphiclès. Nous avons jugé préférable, ton père et moi, de ne rien dire de ce triste épisode... Mais crois-moi, Alcide est bien ton jumeau, né la même nuit que toi.

– C'est étrange, il ne me ressemble pas, mais... il a en lui quelque chose de familier, de sincère, qui m'a attiré dès l'instant où je l'ai vu. Je n'arrive pas encore à imaginer de quelle façon il a pu être éloigné de nous aussi longtemps. Père m'a raconté qu'il avait probablement grandi seul, au loin, dans les montagnes... Mais que lui est-il arrivé pendant tout ce temps ? Comment a-t-il survécu ?

Le visage d'Alcmène s'assombrit.

– Il ne se rappelle rien de son enfance. Cette existence terrible l'a beaucoup perturbé.

– Mais... pourquoi n'avons-nous rien fait pour le retrouver ?

– Écoute, je ne peux t'en dire plus pour l'instant. Ne pose pas de questions à son sujet. Je veux croire que son retour signifie un nouveau départ pour nous tous. Quand j'y pense, j'ai l'impression qu'il ne s'est écoulé qu'un jour ou deux depuis la funeste nuit où Alcide a... disparu. Je veux oublier le chagrin qui m'a labouré le cœur depuis son départ. Oublier le passé, les tourments... Zeus nous renvoie Alcide dans sa miséricorde, et nous ne le laisserons plus repartir, n'est-ce pas ?

Sur ces paroles, elle chassa les servantes d'un geste et tendit sa main à son fils.

– C'est toi qui auras l'honneur de m'escorter, annonça-t-elle. Je t'aime, Iphiclès. Tu es sage, intelligent, modéré en tout. Tu sais parler aux gens. Je vois pour toi un grand avenir. Un jour, tu deviendras sûrement conseiller ou diplomate. Les dieux savent que Créon manque de discernement, ce roi qui est fort avec les faibles et faible avec les forts. S'il n'y avait ton père pour le ramener à la raison, cette cité serait gouvernée comme une écurie.

Leur apparition dans la cour fut dignement saluée par les invités arrivés en nombre. Iphiclès tenait son rôle avec le plus grand sérieux, calant son pas sur celui de sa mère, et il fut fier de constater que son père l'observait avec un sourire sous les arcades où il se tenait en compagnie de vénérables personnages. Dès que le protocole lui en donna l'occasion, Iphiclès s'éclipsa au prétexte de chercher Alcide et se rapprocha de ce mystérieux conciliabule. Il arriva juste à temps pour entendre les plaintes des vieux conseillers.

– Je suis d'accord pour dire que Créon manque d'énergie, mais au moins nous vivons en paix. Athènes ou Sparte ne peuvent en dire autant. Là-bas, chaque printemps, on entend les trompes de guerre.

– Ces cités belliqueuses se livrent à des querelles sans fin pour le pouvoir suprême.

– Unir la Grèce est une illusion. Quoi de plus différent d'un Mycénien qu'un Spartiate, sans vouloir t'offenser, prince...

– Ce sont les dieux qui encouragent les hommes à la guerre, estima Amphitryon. Ils se livrent bataille à travers eux.

– Cela ne peut arriver à Thèbes, car nous n'avons pas d'armée, observa le premier commentateur.

– Et cette situation nous expose chaque jour un peu plus à l'appétit de nos prétendus alliés d'Orchomène, livra le Mycénien. Ils nous imposent des taxes que les commerçants ne peuvent plus supporter.

– Il ne s'agit plus de taxes, mais de rançons !

– Vous devez m'aider à convaincre Créon de la nécessité de nous doter d'une véritable armée, insista Amphitryon. Nous devons desserrer l'étau du roi Erginos, et reconquérir notre indépendance vis-à-vis de sa cité d'Orchomène.

– Créon estime qu'il vaut mieux payer notre tranquillité à un protecteur, plutôt que se lancer dans une escalade militaire. Nous sommes riches. Notre commerce est florissant.

– Dire qu'un simple accident de jeu est à l'origine de tout ! soupira un autre.

– Mais notre honneur dans tout cela ? plaida le Mycénien. Thèbes fut autrefois une grande puissance, elle n'a pas vocation à servir de garde-manger à Orchomène et son armée. Aujourd'hui encore, leur maudite délégation est venue exiger un dû ! Or, les récoltes n'ont pas été si bonnes, qu'il s'agisse du blé comme des taxes. Créon veut demander un sursis dont le roi Erginos ne veut pas entendre parler. Cette humiliation doit cesser. Ce rançonnement doit-il durer sans fin ? Nous devons nous rebeller.

– C'est ton sang mycénien qui parle, Amphitryon. Tu sais que c'est impossible. Nous n'avons d'autre choix que subir. Ou périr. Nul ne saurait défier Erginos. Il est trop puissant, et Orchomène est la cité dominante en Béotie.

Amphitryon s'aperçut soudain de la présence de son fils mal dissimulé derrière une colonnade. Il toussa dans son poing pour imposer le silence avant de lancer d'un ton désinvolte :

– Allons, nous aurons bien le temps de discuter de ces tracas demain. Pour ce soir, réjouissons-nous. Est-ce si souvent que l'on proclame le retour d'un fils que l'on croyait perdu ? Et d'ailleurs, où est-il, le héros de la fête ? Iphiclès, puisque tu es ici... Pardonnez-moi, nobles amis, je dois m'entretenir avec ma descendance.

Les conseillers royaux s'éloignèrent tout en poursuivant leur débat. Amphitryon prit son fils par les épaules.

– Nous voilà devenu un maître espion ?

– Père, je n'apprendrai jamais rien si je me tiens aux seules leçons de philosophie ! J'aime la politique, j'aime que les choses bougent et changent pour le bien de la communauté...

– Tu as le temps pour la politique, mais je suis heureux de te voir. Laisse-moi te remercier.

– Me remercier ? s'étonna le garçon.

– Notre bonheur ne serait pas complet si tu n'avais manifesté autant de bonté pour Alcide. Quand il est arrivé ici, le premier jour, il n'était qu'un sauvage primitif. Tu l'as pris sous ton aile, tu l'as aidé à s'adapter à sa nouvelle vie. J'ai bien conscience que son arrivée a bouleversé tes habitudes, et qu'il n'est pas simple d'affronter un tel changement.

– Je serai loyal envers mon frère, promit Iphiclès, et j'essaierai de lui offrir toute mon affection, et aussi tout mon savoir. Encore qu'il n'ait jamais abandonné des manières d'ours. Il ne se passe pas un jour sans qu'on le prenne à voler dans le garde-manger ou se promener tout nu sur la terrasse !

– Il faut être patient avec lui, plaida Amphitryon. Nous ignorons ce qu'il a enduré toutes ces années, quand il était au loin. Il a probablement vécu dans un grand dénuement, une grande solitude. Il n'a pas l'habitude de la société. Retrouve-le, veux-tu ? Je m'inquiète de ne pas le voir.

– Je crois savoir où il se cache..., suspecta Iphiclès.

Le garçon se rendit directement sous le pommier où il l'avait rencontré pour la première fois. Alcide était bien là, accroupi dans l'ombre des feuillages, le menton posé sur son poing. Ses cheveux en désordre tombaient sur ses robustes épaules, et encadraient son visage aux traits puissants. La belle tunique beige qu'il portait ne donnait le change qu'en apparence : il n'avait rien perdu de ses manières frustes.

– Pourquoi restes-tu à l'écart ? s'enquit Iphiclès. On s'inquiète de toi. Tout le monde t'attend !

Alcide secoua la tête avec un air maussade.

– J'aimerais être ailleurs, bougonna-t-il. Retourner dans la forêt, avec les bêtes...

– Tu veux partir? rétorqua Iphiclès, vexé. Va donc. Qui te retient ?

– C'est à cause de ta mère. Elle est heureuse si je suis là.

– Ma mère est également la tienne. Alcide, quand comprendras-tu ? Nous sommes ta famille. Nous veillerons sur toi.

– J'ai peur, confia Alcide. J'entends des appels au loin.

– Des appels ?

Iphiclès fronça les sourcils devant ce curieux argument. Il décida de grimper à son tour dans le pommier, mais il était loin d'avoir l'agilité de son jumeau et s'empêtra dans les branches. Alcide le saisit par le col sans le moindre effort et le déposa à ses côtés comme s'il s'agissait d'un oisillon.

– Tu possèdes la vigueur d'un cyclope ! constata Iphiclès en se massant l'épaule. C'est parfois incroyable... Tu n'es pourtant pas si épais. Mais parle-moi de ces appels que tu entends...

– Je ne sais pas, hésita Alcide. Ces voix m'appellent par un autre nom. Elles m'annoncent des voyages à venir... Des combats, des dangers, aussi. J'aimerais tant les suivre, découvrir ces autres territoires, affronter ces ennemis. Je le sens là, dans mon cœur... C'est plus fort que moi. Tu entends des appels, toi aussi ?

– Ceux de mes professeurs si je m'avise d'arriver en retard au cours ! Bientôt, ce sera ton lot à toi aussi... À partir de ce soir, tu seras officiellement considéré comme un fils à part entière de la maison d'Amphitryon. C'est un grand honneur, tu peux en être fier. C'est aussi un devoir de tous les instants. Tu devras exceller dans toutes les matières. Nos précepteurs comptent parmi les plus grands pédagogues de Grèce. Ils sont hélas les plus assommants. Le pire est sûrement Linos. Il enseigne les poètes anciens mais se pique aussi de connaître la sculpture, la musique, la course des étoiles et je ne sais quoi d'autre. Enfin, tu apprendras, ne t'en fais pas...

– J'aimerais mieux apprendre à me battre, à conduire un char... Je veux m'engager dans l'armée...

– Il n'y a pas d'armée à Thèbes, récita Iphiclès en imitant la voix de son père, c'est un pacte que nous avons passé avec la cité d'Orchomène, à charge pour elle de nous protéger. Au mieux, tu pourras postuler dans la garde royale... Allons, viens. Ne fais pas ta bûche.

Iphiclès s'apprêtait à redescendre de l'arbre quand il s'aperçut qu'il avait présumé des effets du vertige.

– Tu peux m'aider ? C'est bien haut.

– Tu es fait pour devenir un précepteur, railla Alcide en le reposant à terre.

Bien plus tard dans la nuit, après que la foule des invités se fut dispersée et que le calme fut revenu dans la maison, Iphiclès sortit sur la terrasse. Il regarda vers le lointain, avec lui aussi l'espoir d'entendre des appels.

En vain.

CHAPITRE 15

# LA LYRE BRISÉE

Ce n'était certes pas la première fois qu'Amphitryon recevait une convocation au palais royal, mais cette fois son instinct l'avertissait qu'il s'agissait d'une question épineuse. Aussi prit-il le temps de revêtir sa tunique de cérémonie, ses sandales souples à broderies, avant de traverser la place qui le séparait de la demeure royale. Sitôt qu'il en eut franchi le seuil, il perçut une tension perceptible dans la manière dont les sentinelles écartaient leurs javelots sur son passage, et dont les conseillers le saluaient en cherchant à l'éviter. Autant d'indices qui l'incitèrent à redoubler de prudence lorsqu'il se présenta dans la salle du trône, aux murs festonnés de glaives et de boucliers, supposés symboliser l'esprit de paix régnant sur Thèbes.

À son entrée, Créon était occupé à nourrir un volatile exotique aux couleurs vives et au pépiement assourdissant, qui sautillait attaché sur un perchoir. Le roi fit d'abord mine de ne pas prêter attention à son visiteur. Il manipulait comme personne l'art de la diplomatie et savait faire attendre. À l'origine simple régent de Thèbes, Créon avait su à force d'habileté s'installer sur un trône qui ne lui était pas destiné. Il excellait dans la négociation, le compromis, même la corruption quand il s'agissait d'acheter la paix et la tranquillité pour sa cité... comme pour lui-même. Dût-il les monnayer chèrement en sacrifices et en humiliations de toutes sortes.

– C'est un perroquet, précisa-t-il enfin sans se retourner. En as-tu jamais vu de semblable, Amphitryon ? Il vient d'une contrée située si loin à l'est qu'aucun de nos explorateurs ne s'y est jamais aventuré. Le caravanier me l'a offert en guise de taxe, mais il n'a pas su me dire de quelle façon il était arrivé entre ses mains. Sais-tu que cet oiseau, sachant à peine voler, vit dans une épaisse forêt, où malheureusement pour lui, son plumage trop voyant et ses cris aigus en font une proie facile ?

Amphitryon connaissait trop son roi pour ne pas deviner un sens caché derrière ces paroles en apparence banales.

– Devrait-il se cacher parce qu'il est différent ? interrogea-t-il à son tour sur le même mode.

– Certes pas. Mais, vois-tu, je préfère l'attacher à ce perchoir par une chaîne, afin que même ici il ne lui arrive rien de fâcheux. Je t'ai fait mander pour te féliciter au sujet d'Iphiclès, un garçon remarquable, qui apprend vite. Il allie le charme à l'intelligence, et le talent... Dans quelques années, une carrière d'ambassadeur à Athènes ou Sparte s'ouvrira sûrement à lui.

– Ce serait un grand honneur pour lui comme pour moi, noble roi.

– Réellement, je le crois capable de représenter Thèbes dans les autres cités, et, par son éloquence, d'y défendre notre philosophie. S'il en allait de même pour ton autre fils...

Amphitryon sentit malgré lui un frisson lui parcourir l'échine. Ainsi c'était donc la raison de cette froide convocation matinale. Alcide. Encore Alcide.

– Il excelle au stade et remporte des lauriers dans les joutes, le lancer de javelot et la course de chars, énuméra le Mycénien. De ses succès sont nées de méchantes rumeurs, propagées par les jaloux et les aigris.

– Alcide possède une force très supérieure à la moyenne, admit Créon, bien qu'il ne soit ni grand, ni bâti comme un géant, mais selon certains dires, cette force serait parfois utilisée à mauvais escient. En clair, on le dit volontiers emporté, brutal, et par-dessus tout ne supportant aucune autorité.

– Il est jeune, fit valoir Amphitryon, et encore fruste en dépit des leçons que je lui fais donner. Il a trop longtemps vécu loin de ses semblables, et sur ce passé il ne veut rien dire, comme s'il en avait perdu le souvenir. Pourtant, il fait des progrès chaque jour, et s'exprime de mieux en mieux. Iphiclès lui a enseigné un peu de son esprit, je crois. Il est même à présent capable d'humour. Ce qui n'était pas sa qualité première à son arrivée.

– Ses précepteurs ont des avis différents, coupa le roi. Pour l'étude et la philosophie, il en va tout autrement que pour le maniement des armes, dont tu sais que Thèbes n'apprécie pas la pratique...

– Quand on a le héros Castor pour maître d'arme, et Teutaros le Scythe pour maître archer, que l'on apprend la lutte des poings avec Autolycos, quoi de plus naturel ? Les précepteurs dont tu parles, grand roi, peuvent-ils se mesurer à ces maîtres dans leur discipline ?

Le visage de Créon devint de ce gris cendre qui indiquait sa colère rentrée.

– L'ennui, c'est qu'Alcide est moins enclin à rejoindre Eumolpos ou Linos. Je passe sur les savants en astronomie qu'il aurait chassés en leur jetant ses sandales à la tête...

– Cet incident est pure invention, noble roi, intervint Amphitryon, prêt à défendre son fils bec et ongles.

– Ces comportements commencent à faire jaser. Je n'ai pas commenté le fait que tu aies pris en adoption ce garçon-loup, dont tu affirmes qu'il est bien Alcide, cet enfant que tu as abandonné voilà plus de quinze ans, sur les conseils de Tirésias...

Il laissa flotter la phrase assassine pendant un temps avant de reprendre.

– ... Mais quelle que soit sa véritable identité, il doit se conformer aux règles qui s'imposent à tous dans la cité. Rien ne serait pire pour toi qu'un enfant qui nuise à ta réputation, prince mycénien.

– Il s'agit bien d'Alcide, seigneur, répondit Amphitryon en ravalant l'humiliation d'avoir été rappelé à ses origines. Mon épouse Alcmène en est convaincue pour avoir eu en rêve la prémonition de son retour. Et moi-même, je le sens dans mon cœur, dans ma chair. Je donnerais tout pour réparer les torts que j'ai commis envers ce fils qui...

– Ce fils qui ? le reprit Créon en plissant les yeux, soupçonnant quelque secret bien gardé.

– Ce fils qui m'est cher, acheva Amphitryon sans ciller.

Créon fit mine de se préoccuper à nouveau de son perroquet.

– Soit. Les dieux nous envoient de tels rêves afin de nous aider à la compréhension des choses, et nous les vénérons pour cela. S'il s'agit bien d'Alcide, je doute que la colère d'Héra à son endroit se soit apaisée. Alors je lui conseille, comme à ce perroquet trop bavard, de faire moins parler de lui, car je ne veux pas attirer cette colère sur Thèbes. Sinon, je devrai l'éloigner, prince...

« Maudit lâche, gronda intérieurement Amphitryon, qui accepte d'être commandé par un roi tel qu'Erginos d'Orchomène... »

Il savait trop qu'un tel commentaire émis à voix haute lui aurait valu sa position, et peut-être davantage, aussi le garda-t-il pour lui et se contenta-t-il de s'incliner. En dépit des services rendus, il n'avait jamais été qu'un étranger, ici, et ne l'oubliait pas.

– Je ferai la leçon à Alcide, promit-il.

– Nous t'en remercions, prince. Nous n'oublions pas que tu as accompli pour nous maints exploits dans le temps, qui t'ont rendu cher à notre cœur.

Amphitryon ressortit de la salle en se maîtrisant à grand-peine. Comment ces informations étaient-elles arrivées aux oreilles de Créon, il l'ignorait, mais son message n'était que trop clair. La menace était réelle. Sur le coup de l'émotion, le Mycénien dut s'adosser à un pilier et sa main pressa sa poitrine. Cette maudite douleur était de retour. Il avait bien cru s'en débarrasser au lendemain du retour d'Alcide. En vain.

– Prince Amphitryon, glissa une voix douce derrière lui.

Il s'efforça aussitôt de reprendre contenance, car il ne voulait montrer ses faiblesses devant quiconque. Une jeune femme aussi fine qu'une liane, les cheveux noirs relevés en chignon, venait d'apparaître par l'une de ces portes dérobées que masquaient les épaisses draperies. Amphitryon lui trouva une ressemblance avec les biches tant dans sa silhouette que dans sa démarche, mais la comparaison s'arrêta sitôt qu'il scruta ses yeux d'un bleu profond et glacé.

– Princesse Mégara..., bredouilla-t-il. Pardonne-moi, je dois...

La fille de Créon le retint si doucement par le bras qu'Amphitryon dut se résoudre à l'écouter.

– J'ai tout entendu, prince. Il s'agit encore d'Alcide. Père est furieux contre lui. Il affirme qu'il déshonore Thèbes par sa conduite.

– C'est ce qu'il m'a fait comprendre, en effet.

– Je voulais que tu saches que tous ici ne sont pas contre ton fils, et même, qu'il possède des alliés. Moi, je l'apprécie. Il n'est guère poète, c'est vrai, encore qu'il fasse des efforts pour le devenir, mais je puis t'assurer que les jours où il s'entraîne le stade est rempli de spectateurs, et de spectatrices... Je crois qu'il possède en lui quelque chose de... de supérieur.

– Je te remercie pour l'attention que tu lui portes, noble princesse.

– Mon père n'est pas éternel, Amphitryon, et je suis son héritière naturelle, acheva Mégara sur un ton chargé d'intentions. Ta maison est célèbre et respectée dans toute la Grèce. Tu es de la lignée de Persée... Comprends-tu ? Notre alliance pourrait être profitable à Thèbes...

Troublé, Amphitryon ne sut que répondre. Il réalisa que la biche aux yeux de glace avait quelques vues bien arrêtées sur l'avenir de la cité comme sur le sien, et il comprit mieux pourquoi Alcide avait le regard absent lorsqu'on évoquait devant lui la séduisante princesse...

– Je t'en sais gré, Mégara. À présent, pardonne-moi, je dois me retirer.

Amphitryon décida d'en avoir le cœur net. Rentré chez lui, il affréta son char, qu'il conduisit au trot jusqu'au stade où Alcide avait coutume de fuir les cours. Sur cette plaine, où quelques gradins étaient aménagés pour le confort des spectateurs, s'entraînaient lutteurs et tireurs à l'arc. Ici s'organisaient des compétitions régulières qui mettaient aux prises Thébains et Argiens, Spartiates et Athéniens, dans une ambiance de concorde qui oubliait pour un temps les querelles politiques.

Pour autant, Amphitryon n'y débusqua pas son fils.

Il s'en retournait par une route de campagne pour se calmer les nerfs, méditant sur les reproches dont il ne manquerait pas de le couvrir ce soir, quand il fut dépassé par un attelage furieux. Alors qu'il pestait contre ce fou de conducteur qui soulevait caillasse et poussière de façon aussi inconsciente, le rustre fit demi-tour et sortit du nuage. Bien droit dans son baquet, cheveux au vent et muscles saillants sous la tunique mal ajustée, Alcide maîtrisait fièrement ses deux chevaux fourbus, un large sourire découvrant ses dents régulières.

– Père, c'était toi ? Tu avances comme une chenille !

Amphitryon le toisa sans cacher sa rancœur.

– Je t'ai enseigné à conduire un attelage, non à crever les chevaux, le tança-t-il.

– Les bêtes aiment qu'on leur lâche la bride ! se récria Alcide. Oui, je t'assure, ce sont elles qui réclament !

L'expression de naïveté peinte sur le visage du délinquant désarma la colère du prince.

– Je dois te parler, résuma-t-il. Il y a une auberge pas loin d'ici... Suis-moi. Et au trot cette fois !

S'il ne reconnut pas le prince, ni son héritier, l'aubergiste jugea à leur mise qu'il avait affaire à des clients suffisamment importants pour être installés dans le patio, à l'ombre des oliviers, de part et d'autre d'une table en bois d'où il était loisible de contempler les champs printaniers. Il leur servit un cruchon de son meilleur vin, boisson lisse coupée d'eau et fortement aromatisée d'épices. Amphitryon poussa un gobelet vers son fils, lequel renonça à y tremper les lèvres.

– Quoi ? s'esclaffa le Mycénien. Tu ne bois pas ? Iphiclès lui-même, qui est la sagesse incarnée, ne refuse pas une bonne lampée quand il joue aux dés avec ses amis. Et il s'imagine que je l'ignore, en plus...

– J'ai déjà essayé, s'excusa Alcide, le vin n'est pas bon pour moi. Il me fait tourner la tête, je marche de travers et je ne me contrôle plus.

– Ma foi, c'est sage, et d'ailleurs, peu importe. On ne mesure pas la qualité d'un homme au nombre de cruches qu'il vide. Ces derniers temps, j'ai été très occupée par les affaires du palais. J'aurais voulu que nous passions plus de temps ensemble. Tu es revenu depuis six mois et nous n'avons pas eu beaucoup de temps pour parler.

Je suis content que tu aies des amis, mon fils. Car tu en as. Je t'ai déjà vu entouré, et salué dans la rue...

– Les gens ne voient que le champion de lutte, ou le tireur à l'arc. Et aussi parce qu'ils pensent que je peux un jour leur être utile parce que je suis ton fils.

– Comment peut-on avoir des idées si négatives sur ses semblables ? s'étonna Amphitryon. Crois-moi, les habitants de Thèbes ne te veulent que du bien. Et une amie ? As-tu une amie ? À ton âge, j'en avais plusieurs...

Alcide se contorsionna sur le banc sans arriver à masquer son embarras.

– Non, je n'ai pas d'amie.

– As-tu déjà embrassé une fille, au moins ? Tu peux m'en parler, plus qu'à quiconque...

– Je... Non..., bafouilla Alcide, de plus en plus mal à l'aise par la tournure de la conversation. Enfin, si... J'ai essayé une fois... Elle a prétendu que je la brisais en deux, et je ne l'ai plus revue.

Amphitryon hocha la tête.

– Étouffer un oiseau n'est pas la meilleure manière de lui apprendre à chanter.

– Mais j'aime les femmes, père! s'écria Alcide avec une franchise désarmante. Il en est de si belles ici, à Thèbes. Je passe mon temps à les admirer au marché, dans les rues, partout...

– Oui, bien, mais apprends à contrôler ta force. Elle fait peut-être de toi le champion à l'arc ou à la lutte, mais hors du stade, je te conseille d'adopter d'autres manières. Sa majesté m'en faisait encore la remarque tantôt...

Jusqu'alors tranquille et apaisé, Alcide s'embrasa comme un torrent prêt à déborder.

– Créon ? Qui lui a raconté ces mensonges ?

– Tes précepteurs se sont plaints auprès de lui de tes rébellions. Ose dire le contraire ?

– Ce qu'ils m'apprennent ne m'intéresse pas.

– Voyons, tu ne peux parler ainsi. Ne trouves-tu pas dans la musique, la poésie, l'apprentissage de la langue bien parlée, matière à enrichir ton esprit ?

– Je ne comprends rien. Non, père. Rien. Pas un mot.

– Il est impossible de ne rien comprendre, mon fils. Peut-être n'es-tu pas concentré ? Peut-être refuses-tu de comprendre...

– Je ne sais pas bien parler comme Iphiclès. J'aimerais lui ressembler, crois-moi. Te ressembler. J'aimerais que mère soit fière de moi, et toi aussi, mais... Je déteste ces vieillards qui viennent m'expliquer quoi penser, et quand le penser.

– Mon fils, le monde ne te fera aucune place si tu n'es pas à même de le comprendre, et d'en saisir le fonctionnement. Tout un chacun doit conquérir sa renommée, et ta naissance seule ne suffira pas à...

Amphitryon s'interrompit. Gauchement affalé, Alcide regardait ailleurs, comme si la situation lui devenait si éprouvante et qu'il rêvait de s'envoler vers d'autres terres.

– Au moins pourrais-tu me promettre d'écouter ceux que tu appelles des « vieillards » sans les interrompre ? insista son père. Ne serait-ce que par courtoisie...

Alcide rajusta sa tunique sur ses épaisses épaules et acquiesça mollement avant de se lever.

– Je ferai de mon mieux. Je dois rentrer. Justement, le savant Linos m'attend.

Amphitryon ne s'y opposa pas. Il observa seulement son fils qui remontait sur son char et s'en retournait à une allure à peine plus modérée qu'à l'aller. Il acheva son gobelet en songeant que le problème était loin d'être réglé. Il avait lui-même quelques affaires à conclure auprès de certains commerçants, et il ne regagna sa demeure qu'en fin d'après-midi. Il traversait la cour quand une agitation inhabituelle dans le verger le dérouta de son chemin. Il trouva des servantes en larmes, mais plus encore, ce furent les traces de sang sur l'herbe et une lyre brisée en mille morceaux qui lui firent pressentir le pire. Iphiclès survint sur ses entrefaites, très pâle.

– Père, te voici enfin ! Ne le gronde pas trop. Alcide a frappé Linos ! Les serviteurs l'ont emmené chez le chirurgien pour le recoudre.

– Frappé ? éructa Amphitryon. Comment ? Pourquoi ?

Écartant son fils du bras, le prince marcha droit sur Alcide, qui se tenait prostré sur un banc de pierre, tête basse, muré en lui-même. Alcmène, agenouillée près de lui, tentait de lui tirer un mot, en vain. Amphitryon fendit le cercle qui s'était formé pour se dresser devant son fils.

– Explique-toi. Comment en est-on arrivé là ?

Alcide n'osa pas lever les yeux mais serra les poings si fort que ses phalanges en blanchirent.

– Regarde-moi, lui intima Amphitryon. Il est aisé de faire parler ses muscles et sa colère, bien moins d'en affronter les conséquences. C'est pourtant là que se mesure un caractère.

Alcide consentit enfin.

– Pardon, père.

– C'est un crime de frapper un professeur, ici, à Thèbes, comme dans toutes les villes civilisées, car le savoir se doit d'être protégé comme l'on protège un trésor des barbares malveillants. Nous devons agir vite pour éteindre l'incendie que cette folie ne va pas manquer d'allumer. Tu dois faire des excuses au roi, avant que le moindre mandat d'arrêt soit édicté. Et moi, je m'efforcerai de dédommager Linos pour le dissuader de porter plainte. Tu ne sais donc pas que tes actes nous engagent tous ? Moi, ta mère, Iphiclès... Par les dieux !

Alcide acquiesça mollement.

– Suis-moi, ordonna Amphitryon.

Avant de partir, Alcide prit les mains de sa mère dans les siennes et y déposa un baiser. La nouvelle s'était déjà propagée dans la cité à la vitesse de l'éclair, et c'est sous les regards réprobateurs et les commentaires acerbes que le fils d'Alcmène pénétra dans le palais de Créon. Le roi accorda l'audience sans délai, assis sur son trône, son égide à la main. À ce détail, Amphitryon comprit qu'il n'y aurait guère de clémence à attendre.

– Il est heureux que tu sois venu te présenter à moi sans délai, annonça Créon sans ambages. J'y vois la sagesse de ton père, qui n'aurait jamais commis un crime aussi impardonnable. Mon garçon, la violence n'a pas lieu d'être dans cette cité, et depuis que tu y es revenu, on m'a signalé plusieurs incidents dans lesquels tu es impliqué. Étant ivre, tu as insulté des passants. Tu as aussi chapardé des fruits au marché. Cette fois, c'est la prison qui t'attend, tout fils de prince que tu sois, car le peuple ne comprendrait pas que tu profites d'un régime de faveur. Pourtant, j'aime à juger en toute équité. Raconte ce qui s'est passé.

Alcide fourragea nerveusement dans ses cheveux avant de libérer enfin ses phrases maladroites.

– Je ne sais pas bien parler, euh... Roi... Je suis... Je n'ai pas voulu. Linos a commencé ! Il n'est pas professeur de lyre mais il a voulu remplacer Eumolpos qui était malade. Il ne m'aime pas. Il dit que je suis un imbécile, et que je n'ai aucun talent pour chanter les vieux poèmes. Je n'ai pas aimé la façon dont il m'a parlé, alors je lui ai répondu, et là, il m'a frappé en premier avec la lyre. Je l'ai prise de ses mains et j'ai frappé moi aussi... Il est tombé. Il... Il saignait...

Consterné, Créon caressa deux fois sa barbe, comme s'il hésitait à prendre sa décision.

– Si tu étais fils de boutiquier, concéda-t-il, je te ferais jeter au cachot dans l'instant devant pareil aveu, mais je n'oublie pas tout ce que Thèbes doit à ton père... Ma sentence est celle-ci : tu dois partir. Sur-le-champ.

– Partir, noble roi ? intervint Amphitryon qui ne s'attendait pas à pareille sanction. Je pensais... Il serait plus profitable qu'Alcide reste pour accomplir des travaux gracieusement. Il est fort. Aucune tâche ne le rebute.

– J'ai rendu mon verdict, fit observer Créon. Alcide doit quitter Thèbes avant le coucher du soleil. Tu n'as que le temps de lui faire tes adieux.

Amphitryon savait qu'il serait inutile de palabrer. Il n'était pas dupe : le roi avait trouvé là le prétexte rêvé pour éloigner son fils, mais nul ne pouvait plaider contre l'avis du roi, et il se retira avec une révérence marquée, pour signifier qu'il s'y soumettrait, quoi qu'il lui en coûte. Il n'avait cependant pas décoléré lorsqu'il poussa Alcide par une porte dérobée qui donnait sur les discrets jardins du palais.

– Qu'as-tu donc dans la tête ? le sermonna-t-il vivement. Frapper un professeur parce que sa critique te déplaît ? Comment peut-on faire admettre une opinion à coups de poing ? Penses-tu qu'elle sera plus légitime ? Tout au contraire ! Quand bien même serait-elle la plus juste, la plus honorable d'entre toutes, elle deviendrait la plus détestée pour avoir été imposée par la force. Tu t'en rends compte ?

Le jeune homme resta de marbre.

– Je pars. De toute façon, je n'ai plus rien à faire à Thèbes. Tu as été bon pour moi, père, et je regrette vraiment de te causer tant d'ennuis. Je... Dis adieu pour moi à mère, à Iphiclès. Je n'aurais pas le courage de me montrer devant eux. Oui. C'est cela. Dis-leur adieu.

Amphitryon pressa contre lui ce fils étrange, ce fils qui n'était pas sien, mais qu'il adorait tant. Il laissa malgré lui couler des pleurs, car rien n'aurait su l'atteindre davantage que cette nouvelle séparation.

– Écoute, nous possédons une ferme et des troupeaux près de la cité de Thespies. Va là-bas. Mêle-toi aux bergers. Accepte leur vie rude et austère, le temps pour moi d'intercéder en ta faveur et de te faire revenir.

Alcide ébaucha un triste sourire.

– Je veux bien tout ce que tu veux. Je te promets de revenir. Et ce jour-là Thèbes ne m'accueillera pas avec des critiques, mais avec des cris de joie.

– J'en accepte l'oracle, répondit Amphitryon.

Alcide s'éloigna de quelques pas à reculons, puis il tourna dans la grand-rue qui conduisait à la porte principale, avec pour tout bagage la tunique qu'il portait.

CHAPITRE 16

# BERGER ET LION

## Deux ans plus tard

Alcide siffla entre ses dents pour rappeler à l'ordre ses brebis dispersées, et elles s'empressèrent de former devant lui un rang compact et ordonné. Appuyé sur son bâton, le berger ne put s'empêcher de lever les yeux en direction du sommet pailleté par les premières neiges, qui se découpait sévèrement sur le ciel. Le mont Hélicon, berceau de tant de légendes... Le pâtre sourit avec mélancolie en repérant le couple de vautours qui lui avait tenu compagnie durant une grande partie de l'été. Avaient-ils conscience de son départ et tentaient-ils, dans leur langage ailé, de lui adresser un ultime adieu ? Il voulut le croire. Il avait appris à voir au-delà de leur laideur, à dépasser le préjugé qui leur accordait si funeste réputation, pour comprendre enfin qu'ils étaient doués d'un sens peu commun de la famille, et de l'équité.

L'après-midi d'automne touchait à son terme et Alcide était encore loin d'avoir atteint Thespies, où ses brebis passeraient l'hiver dans le confort des étables. Les temps de la transhumance s'achevaient, et l'existence rude et solitaire des bergers de haute montagne. D'ordinaire, ces exilés attendaient avec impatience le retour à la cité, et le moment de revoir parents, fiancées ou amis. Le fils d'Alcmène n'était quant à lui guère pressé de retrouver la compagnie de ses semblables. Personne ne l'attendait, et il regrettait déjà la vie primitive des versants rocailleux, au contact des éléments et de la nature. La cité, avec ses lois et ses coutumes, ses contraintes et ses indifférences, n'était pas pour lui.

Le jeune homme voulut prolonger ces ultimes instants de quiétude, s'imprégner encore du silence piqué de mille rumeurs d'insectes. Après tout, le retour pouvait attendre. Il s'assit sur un rocher, laissant à son chien le soin de veiller sur les bêtes, et but longuement à son outre. Alcide n'était plus le sauvageon qui avait quitté Thèbes deux ans auparavant. Il avait grandi jusqu'à atteindre la hauteur d'un jeune sapin et il n'était guère de tuniques tissées au village qui pussent convenir à ses puissantes épaules, son torse épais comme un mur de rempart, moins encore à ses jambes longues et finement sculptées. Ses muscles avaient durci sous les vents rigoureux des hauteurs. Sa peau s'était épaissie sous les caresses des froides aurores. Ses cheveux longs et noirs avaient encore poussé, et il ne prenait nullement la peine de les discipliner. Il n'avait pas voulu céder à la tentation de la barbe – peut-être pour ne pas ressembler à l'un de ces professeurs pompeux auxquels il tenait toujours rancune – et prenait soin de se raser avec un soin maniaque.

Le soir vint sans qu'il y prenne garde. Il jeta une imposante brassée de bois mort dans un creux de rocher qu'il enflamma à l'aide de son briquet de silex. Il avait tantôt repéré un lion des montagnes se couler dans son sillage. Était-ce celui qui était tant redouté par les autres bergers, le tueur silencieux qui égorgeait les brebis durant leur sommeil ? Quoi qu'il en soit, mieux valait lui adresser un signal clair. Alcide réchauffa son unique repas de la journée à la flamme, deux galettes d'orge assaisonnées de condiments et d'huile d'olive. La perspective de bientôt loger à la ferme le rendait décidément d'humeur morose. L'idée de partager le dortoir avec les autres garçons, obéir aux rituels du lever, du coucher, s'astreindre à des tâches sordides ne l'enchantait guère. Mais ne s'était-il pas juré de tout endurer en silence, pour qu'aucune remontrance ne parvienne jamais aux oreilles de son père ?

De temps à autre, Amphitryon envoyait un porteur des nouvelles de Thèbes, mais jamais il ne venait en personne. Iphiclès une fois, en voyage d'études, avait bravé l'interdit du roi Créon pour le serrer dans ses bras, et disparaître aussitôt. Alcide ignorait quand il serait autorisé à revoir les siens. Le messager avait toujours des paroles encourageantes... Bientôt, disait-il... Bientôt... Mais le banni y tenait-il vraiment ? Il en était de moins en moins sûr. Son départ honteux l'avait mortifié, et la perspective de reparaître tel un repenti, le front courbé et le regard fuyant, lui donnait la nausée. Chaque fois que le soleil se couchait, il sentait une force l'attirer dans la direction opposée à celle de Thèbes. Et les appels résonner au cœur de la nuit, et des trompes triomphales fêter son arrivée...

Un jour, il visiterait le monde et mènerait des batailles.

Ce fut sur cette promesse faite à lui-même qu'il s'étendit à même le sol, au pied d'un olivier sauvage, enroulé dans sa toison en peau de mouton, la vallée aux vapeurs fuyantes à ses pieds, le chien étendu auprès de lui. Il n'arriva pas à trouver le sommeil, et bientôt son instinct le fit se dresser sur un coude, l'avertissant d'un danger imminent. De fait, les brebis bêlèrent d'effroi, et il se redressa, bâton au poing, prêt à défendre son troupeau. L'orage menaçait et le mont Hélicon se parait d'éclairs mauves comme il n'en avait jamais vu, même au cœur des plus grosses chaleurs de l'été. Le chien avait disparu. Alcide le siffla, mais en pure perte. Il partit alors rassembler les bêtes lui-même. Un feulement résonna dans l'obscurité. Le berger n'eut que le temps d'apercevoir un félin à pelage beige, aux oreilles pointues et à la queue courte, qui bondissait de rocher en rocher. De colère, il lui lança son bâton avec une force telle qu'il se brisa sur les flancs du prédateur, lui tirant un cri bref juste avant qu'il ne disparaisse.

Fier de son coup, Alcide s'élança sur ses traces avec ardeur, décidé à lui donner le coup de grâce si la chance lui en était offerte. La pluie commença à s'abattre avec un vacarme assourdissant et ses rigoles effacèrent bientôt la trace du fauve. Amer et déconcerté, Alcide posa ses poings sur ses hanches.

– Tu as la chance pour toi ! lança-t-il. Ne reviens plus, ou ton pelage me servira de tunique !

Une sorte d'ivresse s'empara de lui. Perdu au cœur de la nuit, cet orage au-dessus de sa tête déployant son colossal vacarme, il se sentit subitement en communion avec le monde entier, capable de l'embrasser d'un regard, et de le parcourir d'une seule foulée. Bras écartés, il proposa son visage aux éléments en furie, afin que l'eau du ciel forme cascade sur son front, ses pommettes rudes, son nez bosselé, afin que le froid gerce sa peau épaisse et que le vent flagelle ses muscles. Le nuage passa. La colère du ciel s'éloigna et Alcide se décidait à rebrousser chemin quand il se retrouva face à face avec un voyageur vêtu d'un long manteau, qui l'observait, appuyé sur un bâton de marche. Surpris, car il n'avait pas décelé son approche, il le considéra avec suspicion. Était-ce un vieillard ou un homme dans sa plénitude ? Il n'aurait su l'affirmer avec certitude, tant il était impossible d'accoler un âge à ses traits nobles d'une beauté remarquable, ennoblis par une barbe mince sous laquelle s'arquaient des lèvres pleines. Alcide soutint son regard lumineux, presque aveuglant, avec l'insolence de la jeunesse.

– Zeus aura décidé de se séparer d'une vieille provision d'éclairs, ce soir ! lança l'inconnu. Cet animal t'appartient, berger ?

Alcide fut rassuré de voir son chien surgir d'entre les jambes de cet improbable nomade.

– Il est à moi, confirma Alcide. Toi aussi, tu mènes un troupeau ?

– En effet, on peut voir les choses ainsi.

– Je ne vois aucune bête avec toi.

– L'orage les a fait fuir. Je les cherche. Tu as peur ?

Alcide haussa les épaules.

– Peur ? reprit-il. Peur de quoi ?

– Un lion rôde par ici, celui dont parle tout Thespies. Le dévoreur de troupeaux…

– Je l'ai vu. Je l'ai blessé, je crois. Il a compris la leçon.

– Tu dois regretter de ne pas l'avoir attrapé, supposa le voyageur en se massant imperceptiblement la hanche.

– Pourquoi ? Il ne m'a fait aucun mal. S'il avait tué l'une de mes bêtes, alors ce serait différent.

Il ajouta avec un hochement de tête.

– Tu n'es sûrement pas berger.

– Non, c'est vrai, admit l'errant. Je vais où mes pas me conduisent, sans but précis. J'observe le monde au hasard de mes haltes, afin de m'instruire de ses erreurs, et parfois de ses beautés. J'apprends des poèmes, des légendes, et je les conte à mon tour. On dit que ces sommets abritent une foule de muses charmantes, qui aiment se baigner dans les sources. Les aèdes assurent qu'elles savent d'un soupir éveiller l'imagination des hommes. En as-tu rencontré ?

– Aucune, admit Alcide en secouant la tête. C'est une chance.

– Une chance ? Certains qu'elles ont pris en affection n'ont pas eu à se plaindre.

– Les filles ne me valent rien. Je les aime, oui. Un peu trop, mais je ne suis qu'un berger. Je ne suis pas intelligent de toute façon. Mon frère Iphiclès l'est plus que moi. Je ne sais rien des poèmes, des légendes...

– Les vrais imbéciles ont ceci en commun qu'ils ignorent tout de leur état. Aussi, je puis te rassurer. Tu as bien assez d'intelligence, et d'ailleurs, ce qu'on nomme intelligence est un bienfait qui revêt mille apparences, et se nourrit de mille savoirs.

– J'ai du mal à te comprendre. Tu parles comme mes anciens professeurs.

– À défaut de comprendre l'enseignement des maîtres, certains doivent forger leur propre savoir. Ceux-là, vois-tu, deviennent souvent les découvreurs de sciences inédites, comme de territoires inconnus. N'ayant acquis aucune règle, ils ne connaissent aucune barrière. À condition de le vouloir, à condition d'y sacrifier l'effort nécessaire pour en recueillir plus tard le fruit. Les biens les plus précieux ne sont pas ceux que l'on s'offre, mais ceux que l'on conquiert.

Alcide fronça les sourcils, ébranlé quelque part au fond de lui-même par ce discours qu'il n'aurait sûrement pas supporté quelques mois auparavant.

– J'ai l'impression de t'avoir déjà rencontré, étranger... Il y a longtemps... J'ai déjà entendu le son de ta voix, j'en suis certain...

Comme le philosophe des montagnes demeurait silencieux, le jeune pâtre se ravisa.

– Non, c'est idiot. Je m'en souviendrais... Dis-moi, puisque tu es tellement éduqué, il m'arrive d'entendre des appels venus du lointain... Des voix qui se mêlent à des trompes de guerre... Cela m'arrive souvent au crépuscule, lorsque je suis seul. Connais-tu l'explication ?

– Un rêve éveillé est parfois l'écho de ce que l'avenir prépare. Du moins, c'est ce que disent les oracles. Qui sait ? Il s'agit peut-être d'une des voies possibles de ton destin ?

– Il y aurait plusieurs voies possibles ?

– Mais une seule au final, celle qui découle de ta volonté.

– Seul Zeus pourrait en décider.

– Zeus... Oui... Mais Zeus ne peut pas tout, Alcide...

– Tu sais qui je suis ?

– Alcide de la maison d'Amphitryon, le fils perdu puis retrouvé, chassé de Thèbes pour avoir cassé une lyre sur la tête du sage Linos. Qui ne connaît l'histoire ? J'ai entendu dire que ton exil prendrait bientôt fin. Prépare-toi au retour à Thèbes. Nombreux sont ceux qui ont œuvré tout ce temps pour le hâter.

Le jeune homme ne put réprimer une réaction de joie à la pensée de revoir sa mère, son père, et Iphiclès, vite tempérée par sa méfiance naturelle.

– Comment le saurais-tu ? Mon père t'envoie ?

– Je te l'ai dit. Je suis un simple errant. J'observe, j'écoute. Demain, tu reprendras le chemin de Thèbes, armé d'un autre bâton que celui que tu viens de briser.

– Vraiment? Je pourrais repartir chez moi? Ah, je ne sais pas qui tu es, vieil homme, mais sois remercié pour cet oracle.

Sur ces paroles, il appela son chien et prit rapidement congé du voyageur car il craignait pour son troupeau. Il avait presque atteint son campement quand la foudre crépita brusquement au-dessus des arbres, et le contraignit à se jeter au sol. L'olivier sauvage sous lequel il avait élu son abri s'abattit juste à côté de lui dans un grand fracas. Alcide attendit un instant, stupéfait, avant de considérer le tronc parcouru de flammèches qui l'avait raté de peu.

– Un autre bâton, songea-t-il.

Il tira de sa ceinture la petite hachette qui lui servait à couper son bois et entailla l'écorce durcie par le feu du ciel. Quelque part dans la montagne, le rugissement du lion se fit entendre...

CHAPITRE 17

# LA MONNAIE DE LA RANÇON

Thespies émergea des brumes telle une nymphe sortant d'un bain de lait. Après des mois de solitude, Alcide retrouvait la tranquillité de cette modeste cité éloignée des conflits et des intrigues politiques et, tandis qu'il poussait son bétail dans l'entrelacs des rues pentues, il éprouvait un sentiment partagé entre nostalgie des hauteurs et bonheur de revoir ses semblables. Il fut salué par des filles sorties sur le seuil des maisons pour le voir passer, auxquelles il préféra n'accorder qu'une attention distraite. Il mena les brebis dans leur enclos et veilla à ce qu'elles soient confortablement installées avant d'en refermer la claie. Les autres garçons de ferme, rentrés depuis la veille, ne tardèrent pas à l'entourer et à l'interpeller en riant.

– Encore à la traîne, Alcide !

– Tu n'en fais vraiment qu'à ta tête !

– Oréos va te tirer les oreilles, c'est sûr !

Le contremaître arrivait justement sur les talons du retardataire, essoufflé d'avoir dû traverser au trot la cour boueuse, et sa seule apparition suffit à disperser les curieux. Le vieux meneur de troupeaux se pencha par-dessus la barrière pour s'assurer que les bêtes étaient indemnes, et en cela, il fut pleinement rassuré. Alcide avait la réputation de ne jamais en perdre et de veiller sur chacune d'entre elles avec la tendresse d'un père. Oréos esquissa un sourire et se tourna vers le jeune homme qui attendait son verdict, le menton appuyé sur son nouveau bâton, une véritable massue noire comme la suie, qui faisait la moitié de sa taille.

– Je remercie les dieux. Au moins, ce maudit lion des montagnes n'a pas touché à tes brebis. Tous ne peuvent pas en dire autant. Seulement, tu aurais dû rentrer hier. L'orage a été violent, cette nuit...

– Il n'a pas duré, le tranquillisa le jeune Thébain. J'ai aperçu le lion. Je lui ai donné sa leçon. Il va boiter pendant des semaines, et les vautours s'en chargeront peut-être. J'ai aussi rencontré un drôle de voyageur.

– Un voyageur, dis-tu ?

Oréos, petit homme épais à barbe grise, connaissait depuis son enfance les sortilèges que pouvait recéler le mont Hélicon. Nombreux étaient les témoignages qui assuraient que Zeus en personne s'y promenait de temps à autre, et il jeta malgré lui un regard en direction du pic embrumé.

– Peu de voyageurs se risquent là-haut..., remarqua-t-il.

– Quoi ? Pas plus de réprimandes ? Aucune punition ? Par Zeus, Oréos, tu vieillis ?

Le contremaître qui avait en charge les fermes du prince Amphitryon de ce côté-ci de la Béotie semblait agité par un tout autre souci.

– Alcide, j'ai une bonne nouvelle. Le roi Créon autorise ton retour à Thèbes. Je tiens la chose d'un camelot de confiance qui est passé hier soir.

Alcide saisit Oréos par les épaules avec une expression de joie solaire.

– C'était donc vrai ! L'errant me l'avait annoncé, mais...

– La princesse Mégara aurait fléchi son père. Je suppose que tu as attiré ses faveurs. Méfie-toi d'elle. C'est un vautour sous les apparences d'une colombe.

– Tu te trompes sur les vautours, Oréos. Ils ont un sens de la famille que bien des humains ignorent. Crois-moi, je ne crains rien de Mégara, au contraire. Elle me plaît. Elle possède un magnifique sourire. Alors, je peux faire mon paquet ? Il me tarde tellement de retrouver mes parents, et Iphiclès. Quoi ? Qu'est-ce que tu regardes comme ça ?

– Ton drôle de bâton...

– Oh, ce jouet ?

Alcide brandit l'arme imposante qu'il avait passé la nuit à tailler et polir dans le bois foudroyé. Il la fit tournoyer comme s'il s'agissait d'un brin de paille.

– Les éclairs de Zeus m'ont mâché le travail, constata-t-il, en durcissant le bois mieux qu'une forge ! Regarde. Elle est légère... Prends...

Oréos manqua tomber en avant, entraîné par le poids de l'engin, ce qui fit s'esclaffer Alcide.

– Légère pour qui sait la manier, corrigea-t-il.

– Ne te mets pas plus en retard, conseilla le contremaître. Le prince Amphitryon m'en tiendrait rigueur. Va ! Prends tes affaires et file.

Alcide pénétra en coup de vent dans le bâtiment dévolu aux garçons de ferme, où il avait passé le plus clair de ces deux derniers hivers. À la nouvelle de son départ, ses compagnons se rassemblèrent pour lui souhaiter les meilleurs vœux de retour. Ils avaient apprécié ce compagnon taciturne, qui avait toujours fait preuve de modestie, et s'était ravalé sans état d'âme au rang du plus humble d'entre eux. Nombre de fois il leur était venu en aide, réparant une roue de chariot, ferrant un cheval à la seule force de ses bras, ou rattrapant une bête égarée, et ce n'est pas sans tristesse qu'ils le virent s'éloigner, sa maigre besace en bandoulière. Oréos l'attendait dans la cour.

– Adieu, fils d'Amphitryon. Tu as été un bon pâtre, et un brave garçon. Voici ta paie.

– Oréos, c'est inutile ! se récria Alcide en refusant la bourse qu'il lui tendait.

– Tu l'as honnêtement gagné, en accomplissant sans broncher les plus pénibles tâches. À l'exception de tes retards, je n'ai pas eu à me plaindre de toi, et il est naturel de récolter le fruit de son labeur, tout fils de prince que tu sois.

L'argument convainquit Alcide d'accepter et il remercia le contremaître en l'étreignant contre lui avec une force qui le laissa sans souffle.

– Je penserai souvent à toi, Oréos, affirma-t-il. Tu as été un meilleur précepteur que beaucoup d'autres !

– N'oublie pas Alcide. Modère ton tempérament. Veille à ne pas détruire ce que tu as si patiemment bâti. N'utilise ta force que pour rapporter des agneaux égarés.

– Je te le promets. Adieu.

Un dernier signe de la main, un dernier regard sur le mont Hélicon couronné de nuages immobiles, et Alcide prit cette route de Thèbes qui l'avait boulé ici par un crépuscule morose deux ans auparavant. Il marcha d'un pas léger et assuré sur le lacet de pierrailles. Vers midi, quand le soleil déversa son plomb fondu sur la campagne, le fils d'Alcmène s'arrêta sur les bords d'un torrent. Il but à grandes lampées, à la manière des loups, et délaça ses sandales pour plonger avec délice ses pieds échauffés dans les remous rafraîchissants. Comme il savourait cette extase bien connue des voyageurs fourbus, un groupe de cavaliers déboucha sur la route en amont. Pris de curiosité, il se redressa pour voir passer cette troupe en armures clinquantes, arborant lances et boucliers de bronze. L'officier à sa tête l'aperçut et, retenant sa monture, l'interpella sur un ton sans aménité :

– Toi, là, le vaurien, fais notre provision d'eau.

Comme si son obéissance allait de soi, les guerriers lui jetèrent leurs outres tour à tour afin qu'il les remplisse. Alcide ravala son irritation d'être traité de manière aussi grossière, et les ramassa sans hâte inutile.

« Maudits Minyens, songea-t-il, toujours à traiter les autres comme du bétail... »

Il les avait reconnus à leurs manières autant qu'à leurs armures lustrées, ces tyrans d'Orchomène qui asservissaient Thèbes depuis une génération, et bien qu'il ait été éloigné de sa cité natale, le sentiment de rancœur que lui avait inculqué Amphitryon se reforma tout naturellement en lui. Pourtant, il s'était désormais juré de se tenir à l'écart des conflits. Il rassembla d'une main toutes les lanières de cuir et plongea les peaux cousues dans le courant.

– Où allez-vous ainsi, nobles Minyens ? demanda-t-il avec courtoisie en attendant qu'elles se remplissent.

– Nous allons à Thèbes, canaille. Ne pose donc pas de questions.

– Tu ne serais pas le fameux percepteur Auxo, celui qui collecte les taxes pour le roi Erginos ?

La phrase bien formulée par ce vagabond fit froncer les sourcils du hargneux militaire.

– Je suis bien Auxo. Contente-toi de remplir les gourdes, et ne fais pas de commentaires sur ce que tu ignores...

– Justement, apprends-moi, noble officier, répliqua Alcide dont le sang commençait à s'échauffer. On raconte que la cité d'Orchomène possède une puissante armée, la seule avec celle de Sparte à former des rangs inviolables. Qu'a-t-elle à redouter d'une cité aussi paisible que Thèbes ?

– C'est que tu ne connais pas l'histoire, maudit gueux... Thèbes sera à jamais redevable à Orchomène de ne pas l'avoir anéantie quand l'un de vos conducteurs de chars a mortellement blessé notre ancien roi, le père d'Erginos le Miséricordieux.

– Toujours ce vieux conte ? releva Alcide. Je ne suis qu'un berger stupide, mais j'ai toujours entendu dire qu'il s'agissait d'un accident et que ton roi y trouvait un prétexte bien commode pour dépouiller Thèbes.

– Nous allons couper les oreilles de quelques Thébains s'ils ne paient pas la taxe. Les tiennes, pour commencer.

– Un roi intelligent préfère toujours l'or à des oreilles, repartit Alcide, ou bien c'est qu'il possède le jugement d'un bouc.

– Tu traites mon roi de bouc ?

Auxo glissa la main vers son glaive avant de se raviser. Un large sourire reparut sur ses lèvres et il feignit de rire de cette remarque.

– Allons, je vois que tu plaisantes ! suggéra-t-il d'une voix faussement complice. Rapporte l'eau, berger. Rapporte.

Alcide avait deviné sans peine ses mauvaises intentions, et, foulant définitivement la promesse qu'il s'était faite, il rassembla en faisceau les lanières de cuir abandonnées au fil de l'eau, et fit tournoyer les outres au-dessus de sa tête avant de les catapulter sur les Minyens. Dévissés de leurs montures, les cavaliers roulèrent lourdement sur la caillasse. Avant qu'ils aient pu réagir, Alcide tira sa massue et concassa vigoureusement quelques armures avant de saisir le percepteur d'Erginos par les cheveux.

– À compter de ce jour, c'en est fini de ton arrogance, Auxo. Et puisque ton roi préfère les oreilles...

Il tira vivement son couteau de berger et trancha dans la chair avec cette habileté qu'il avait acquise sur les versants du mont Hélicon, quand il s'agissait d'extraire les échardes du sabot des brebis. Le collecteur d'Orchomène poussa un hurlement de douleur.

– Rapporte ce message à ton roi, murmura Alcide à son oreille restante. Dis-lui bien que Thèbes ne paiera plus la rançon.

Littéralement terrorisé, Auxo remonta à cheval et rebroussa chemin sans demander son reste, imité par ses soldats encore étourdis par la brutalité de l'attaque. Alcide les observa qui disparaissaient au détour du chemin. Il attendit que la poussière de leur fuite soit retombée avant de reprendre sa route.

CHAPITRE 18

# LES DEUX ROIS

Erginos n'était guère réputé pour sa compassion. Moins encore pour son indulgence.

Le roi d'Orchomène avait passé la quarantaine et sa stature imposante, sculptée par la pratique de la course et des exercices militaires, ajoutait à son autorité naturelle. Sa barbe épousait les contours d'un menton énergique en mettant en relief une bouche épaisse sur laquelle n'affleurait jamais le soupçon d'une émotion. En présence de ses administrés, il ceignait toujours une couronne dont la finesse de l'or ouvragé contrastait admirablement avec l'épaisseur de ses cheveux noirs et drus. Nul n'avait jamais eu l'audace de la lui contester après qu'il s'en était ceint à la mort malheureuse de son père. Il régnait depuis sur sa cité guerrière sans tolérer la moindre opposition. Ni la moindre déloyauté.

Aussi n'accorda-t-il aucun regard à Auxo qui s'agenouillait devant lui avec la plus fervente humilité. Il remarqua bien sûr le pansement grossier qui enlaidissait sa tempe, mais tint ce détail pour quantité négligeable. Il laissa languir son collecteur perclus de douleur le temps que le froid du marbre le pénètre jusqu'aux os, et se délecta des manœuvres guerrières qui se déroulaient sous ses fenêtres. Rien ne comptait plus à ses yeux que ces ballets d'armures et de lances qui en disaient long sur la puissance d'Orchomène, et son influence dans cette région de l'Argos. Sparte et Mycènes elles-mêmes auraient hésité à lui chercher querelle, et cette situation de supériorité avait habitué Erginos à refuser tous les compromis.

Quand il daigna enfin reporter son attention sur Auxo, c'est avec une colère rentrée, plus redoutable chez lui que tous les éclats de voix, qu'il évoqua l'incident sur la route de Thèbes :

– Ainsi tu aurais été attaqué par un homme seul ? Un homme qui t'aurait coupé l'oreille, qui aurait assommé tes soldats et vous aurait mis en fuite ? Un Thébain rebelle ? Comme il est impensable qu'une telle chose se soit produite, je n'y crois pas un instant. Je n'y croirai pas tant que je n'aurai pas entendu ta version des faits.

Auxo estima qu'avouer la vérité lui vaudrait un châtiment moins pire qu'un mensonge vite éventé.

– L'attaque s'est déroulée comme tu le dis, noble seigneur, admit-il, mortifié. Ce fou furieux a... Nous lui avons demandé de remplir nos outres, et sans nous laisser le temps de tirer l'épée, il s'est jeté sur nous avec sa massue.

– Une massue ? releva Erginos. Qui utilise encore une arme aussi primitive, à part les Cyclopes ? Et ces monstres à l'œil unique vivent bien plus à l'est, n'est-ce pas ?

– Noble roi, je te conjure de me croire, ce n'était pas un homme. Ses yeux jetaient des éclairs et sa force... Sa force était telle que je n'en ai jamais vue, même aux jeux d'Athènes, même chez les lutteurs les plus redoutables.

– Il m'importe peu de savoir s'il était ou non humain ! ne manqua pas de s'emporter le monarque. Vous auriez dû mourir sur place, pour le renom de votre cité et l'honneur de votre roi ! Un Minyen n'abandonne pas le terrain. Un Minyen succombe le glaive au poing plutôt que de tourner le dos à son ennemi ! Nous sommes les descendants des premiers hommes semés par Zeus ! Nous sommes des êtres supérieurs ! Et tu reviens en me tendant cette joue balafrée ?

Erginos inspira profondément, mécontent d'avoir haussé le ton, emportement qu'il jugeait indigne de son rang, et c'est d'une voix presque douce qu'il enchaîna :

– Je veux savoir qui était cet homme, cet ennemi d'Orchomène qui s'est vanté que Thèbes ne paierait plus son impôt, l'impôt sur le sang de mon père qu'un des leurs a tué. Non, une telle insulte ne doit pas rester impunie. Je ferai écarteler ce chien, et il couinera si fort qu'on l'entendra à l'autre bout d'Argos !

Sous l'effet de la douleur lancinante de son oreille sectionnée, Auxo vacilla, proche de l'évanouissement. Son roi n'en eut cure.

– Tu sais de qui il s'agit, Auxo ?

L'émissaire trouva la force de répondre :

– Noble seigneur, d'après les renseignements que j'ai pu avoir, un dénommé Alcide, l'un des deux fils du prince Amphitryon de Thèbes. Il s'en retournait chez lui après avoir travaillé dans les fermes de Thespies quand...

– Alcide ? l'interrompit Erginos. Quoi ? Cet Alcide qui avait disparu à sa naissance avant de reparaître des années plus tard dans le verger de ses parents ? Celui qui a été chassé de sa cité pour avoir frappé son professeur ? Tu me parles de cet Alcide-là ? Mais c'est encore un enfant !

– Il a dix-huit ans, seigneur, tempéra Auxo.

– Et sa taille ? Est-il grand ? Énorme ?

– Il... Non, il a une taille des plus communes. Grand certes, bien bâti, mais j'ai vu des lutteurs plus épais que lui, et des lanceurs de javelots plus imposants, mais c'est autre chose, seigneur... Il est comme habité par... Tu ne peux en avoir une idée précise avant de l'avoir vu à l'œuvre.

Erginos tirailla sa barbe, tourna en rond, avant de délivrer le résultat de cette courte méditation.

– Tu vas achever ce que tu as commencé, Auxo. Tu retournes à Thèbes sur-le-champ, où tu exigeras le doublement de la taxe, et la tête de cet Alcide. Soit Créon s'exécute, soit je rase cette maudite cité de gras négociants et de penseurs débiles afin de faire un exemple à la face des dieux !

Submergé par la douleur, Auxo s'éboula littéralement aux pieds de son monarque. Erginos le redressa sèchement :

– Tu iras, Auxo, quand bien même ce serait ton dernier voyage, et je te donne une armée pour faire valoir notre droit, celle-là même qui trépigne d'impatience dans la cour. Quand les Thébains verront nos boucliers, par Zeus, je te promets qu'ils vendront leurs frères et leurs sœurs pour ne pas subir le sort que je leur réserve...

*

Loin d'imaginer les conséquences qu'avait entraînées sa rixe avec les Minyens – et qui s'était déjà effacée de sa mémoire – Alcide pénétra dans

Thèbes au milieu de la cohue formée par l'arrivée d'une caravane. Elle devait venir d'Orient à en juger par les parfums d'épices dégagés par les sacs de jute entassés à bord des chariots, et, dans cet air saturé de poussière et d'effluves exotiques, le jeune homme éprouva avec bonheur la délectation du retour en son foyer. Sa cité n'avait pas changé, toujours aussi bruyante et industrieuse, avec cette touche d'indolence caractéristique des places où la prospérité dispense ses bienfaits. Alcide se mêla aux enfants qui couraient sur la place, salua les vieux absorbés par leurs parties d'osselets, lesquels s'interrogèrent après son passage :

– Ne serait-ce pas le fils d'Amphitryon ?

– Alcide le banni ? Il serait revenu ?

– Alcide le sauvage, plutôt...

Ignorant ces propos si peu gracieux à son égard, l'exilé poursuivit son chemin à travers la Cadmée, pour atteindre enfin le seuil de sa maison natale. Un scrupule le fit hésiter à entrer par la porte principale, et il préféra se glisser par la brèche dans le mur du verger, celle-là même qu'il avait empruntée la première fois, quand, poussé par la faim autant que par une nécessité intérieure, il s'était résolu à grimper dans le pommier.

Il découvrit un grand jeune homme assis au pied de l'arbre, qui étudiait d'étranges tablettes recouvertes de signes parfaitement incompréhensibles.

En dépit du duvet de barbe qui auréolait la partie inférieure de son visage, Alcide reconnut aussitôt Iphiclès et il le fit sursauter avec bonne humeur :

– Toujours à étudier, maudit penseur ?

– Alcide ! s'exclama Iphiclès en bondissant sur ses pieds pour l'étreindre. Tu es de retour, enfin ! Nous savions tous que tu ne tarderais plus.

– Mon cher philosophe ! s'écria Alcide en le soulevant de terre.

– Doucement, tu vas me broyer les vertèbres. Tu es toujours aussi brutal.

– C'est vrai, j'oubliais, admit Alcide, toujours douillet comme une fille ! Notre père est ici ?

– Non, au palais, convoqué en grande urgence par le roi avec les autres conseillers. Quelque chose de grave s'est probablement passé, car on murmure qu'une guerre est imminente.

– Une guerre ? Avec qui ?

– On voit que tu es parti depuis longtemps. On n'apprend donc rien de la marche du monde sur le mont Hélicon ?

– Si, le détrompa Alcide. Le langage des vautours, la musique du vent... On observe la danse des étoiles au cœur de l'été. Est-ce que ce n'est pas suffisant ?

– Eh bien c'est une autre danse qui se prépare ici-bas, malheureusement.

– Et mère ?

– Je suppose qu'elle doit tisser dans le patio. Viens, il faut la ménager. Depuis ton départ, elle a souvent été malade. Alcide, tu dois me promettre...

– Tout ce que tu veux, jura son frère. Je sais ce que tu vas dire. J'ai changé, je t'assure. Dans la montagne, j'ai eu le temps de réfléchir à bien des choses. Je me suis amendé. Allons, je ne peux plus attendre... Conduis-moi à notre mère, tu veux ?

Iphiclès n'était qu'imparfaitement convaincu, mais il pressa avec confiance les épaules de son frère, aussi dures et épaisses qu'un roc, et le conduisit de bonne grâce sous l'ombre d'une arcade où Alcmène s'était réfugiée pour échapper à la chaleur de ce début d'après-midi. La lumière mordorée du début d'automne étamait ses joues creuses et filait dans ses cheveux grisonnants. Ses lèvres plissées, ayant perdu l'usage du sourire, formaient un arc morose parlant d'un âge qui s'achève. L'ancienne princesse mycénienne était si absorbée par le métier à tisser dont elle actionnait avec art les cordes d'accrochage qu'elle n'entendit pas les deux hommes approcher, et Iphiclès dut attirer son attention par un toussotement. Elle vit soudain Alcide et l'émotion lui arracha un cri de surprise. Elle voulut se lever, mais ses jambes indociles l'enchaînèrent à son tabouret. Alcide s'empressa de la serrer entre ses bras, ainsi qu'on étreint une porcelaine sur le point de se briser.

– Je suis là, mère. Tu n'as plus à t'inquiéter. Je te demande pardon pour tout le mal que j'ai fait. Il ne s'est pas passé un instant à Thespies sans que mes pensées aillent vers toi. Vers père. Vraiment, je ne sais pas quoi dire...

Alcmène laissa s'écouler ces pleurs qui n'étaient ni joie ni tristesse, seulement regrets après tant d'années perdues en séparation vaine.

– Alcide..., murmura-t-elle. Les dieux n'ont pas de cœur pour nous imposer de telles souffrances. Est-ce que tu vas rester ? Est-ce que tu promets de bien te conduire ? Si tu repartais, je ne le supporterais pas...

Elle prit les mains du grand jeune homme entre les siennes et le fixa d'un regard intense.

– Tu es mon fils, aussi bien qu'Iphiclès. Peu m'importe si les dieux t'ont désigné pour un destin hors du commun, comme le pense ton père. Tu es mon enfant. Je t'ai donné la vie par une nuit d'été. Cela ne peut s'oublier, cela ne peut se briser... Nous vivons des temps obscurs, des temps terribles. Partout, des forces s'affrontent, qui nous dépassent de beaucoup. L'amour que je te porte, rien ne pourra le briser, rien ne pourra le dévoyer.

– Mère, je suis à peine revenu que tu parles comme pour un adieu.

– Ce fut si long, Alcide. Je t'implore. Fais taire cette violence qui est en toi comme un poison, cette colère qui fait bouillir ton sang au premier prétexte. Ou ce sera ta perte...

– Voici père, annonça Iphiclès.

Amphitryon s'était matérialisé sur le seuil du patio, enveloppé d'une toge grise. Alcide esquissa un mouvement pour l'étreindre à son tour, mais la sévérité de son expression le fit se raviser.

– Je suis rentré dès que j'ai eu connaissance de ma grâce, se justifia-t-il. J'ai eu tort ?

– Il ne s'agit pas de cela, répondit son père d'une voix sombre. Tu dois m'accompagner au palais immédiatement. Créon en personne demande à te voir.

Alcide avait trop en mémoire sa dernière entrevue avec le roi pour se résoudre de bon cœur à en supporter une autre.

– Je t'accompagnerai parce qu'un fils se doit d'obéir à son père, accepta-t-il, mais je veux que tu saches que je n'obéirai plus à aucun ordre venant de ce poltron.

– Viens, se contenta de répéter Amphitryon. Cela vaut mieux.

Ils n'échangèrent pas une parole avant d'avoir atteint le parvis du palais envahi par une foule excitée que contenait difficilement un cordon de gardes royaux. Les bras s'agitaient, les poings se dressaient et les invectives fusaient. Alcide n'avait aucune idée de ce qui avait déclenché une telle émeute, aussi peu dans les usages de Thèbes la Pacifique.

– Qu'est-ce qui se passe ? interrogea-t-il. C'est à cause de la guerre ? Iphiclès m'a dit que nous étions menacés.

– Nous connaissons la pire crise avec Orchomène que nous ayons jamais affrontée, confirma Amphitryon, et j'ai bien peur que tu en sois la cause.

– Moi ? Je rentre à peine des pâtures !

– Quand le roi t'interrogera, réponds directement, sans mentir. Il en va de notre salut à tous...

Désarçonné par cet avertissement, Alcide acquiesça. Père et fils parvinrent à se faufiler parmi la cohue et furent introduits sous bonne escorte jusqu'à la salle du trône. Les conseillers avaient été convoqués au grand complet, ainsi que les propriétaires et les représentants des corporations d'artisans ou de bâtisseurs, preuve que l'heure était grave. À l'arrivée du Mycénien et de son fils, cette assemblée jusqu'alors turbulente et bavarde se tut soudain.

Alcide s'avança les épaules en avant, la tête rentrée, ses cheveux glissant libres sur ses épaules, de cette démarche un peu gauche dont il ne s'était jamais totalement départi. Parvenu au pied du trône où Créon se tenait crispé, c'est à peine s'il marqua un salut. Il se sentait prêt à affronter tous les orages.

– Toi ! s'exclama le monarque en pointant son égide dans sa direction. Te voici enfin ! Misérable, qu'as-tu commis ?

– En dehors du fait que j'aie passé deux années à garder des brebis ?

Dans le fond de la salle, les plus jeunes, qui formaient des rangs serrés et impatients, ne purent s'empêcher de s'esclaffer en entendant l'insolente réponse.

– Je parle de ce crime inimaginable ! tempêta le roi en couvrant les rires. Tu as coupé l'oreille d'un émissaire d'Orchomène sur la route !

– Cette broutille ? interrogea Alcide, sincèrement surpris. Ce chien de Minyen m'avait insulté moi et les Thébains. J'ai mis sa maudite escorte en déroute, avant qu'il vienne ici se pavaner et réclamer un impôt injuste.

– Tu ne respectes donc rien ? Tu ne sais pas qu'un émissaire est sacré par les lois divines ?

– Il ne s'agissait pas d'un émissaire, mais d'un collecteur de taxes qui venait ici même, la morgue à la bouche, humilier Thèbes une fois encore. Je n'ai pas été l'agresseur, j'ai dû me défendre.

– N'ai-je pas déjà entendu ce prétexte de ta bouche? accusa Créon en descendant les marches du trône pour tourner autour de ce gaillard à l'air revêche. Si je ne me trompe, c'était la dernière fois que tu es venu... J'avais alors manifesté à ton endroit beaucoup de tolérance. Et voilà qu'à peine revenu, tu décides à toi seul d'une nouvelle politique pour la cité tout entière ? Tu es donc devenu roi, et je n'en aurais rien su? Ton acte impensable attire sur nous ce que je me suis efforcé d'éviter depuis plus de vingt ans ! À cette heure, l'armée d'Orchomène est en ordre de marche. Selon nos guetteurs, elle camperait dans la plaine de Copaïs, sur les bords de la rivière, dans l'attente de notre réponse à ses exigences. En plus de doubler la taxe, Erginos veut ta tête, qu'il entend exposer au balcon de son palais. Et c'est précisément ce que je vais lui offrir, en espérant que cela suffira à apaiser sa colère...

– Majesté, tu ne peux pas, s'opposa Amphitryon. Aucune cité ne peut livrer ainsi l'un des siens à un ennemi sanguinaire. Ce serait injustifiable !

– Laisse, père, s'interposa Alcide.

Il n'entendait aucunement faire amende honorable, car il avait en lui la certitude d'avoir agi conformément à la morale et au devoir. Il considéra Créon avec une moue de mépris.

– Je suis Thébain, déclara-t-il d'une voix forte pour que tous l'entendent, et je n'ai agi que pour l'honneur de ma cité. Qu'on l'insulte, qu'on la piétine, et j'insulterai et je piétinerai à mon tour. Toi, son roi, tu laisserais faire cela ? Tu accepterais que l'on donne ma tête à nos ennemis, sans combattre, en t'humiliant comme aucun autre avant toi ? Qu'est-ce que Thèbes est devenue sous ton règne ? Une fille que tout un chacun peut prendre sur son chemin ? Erginos ne sera jamais rassasié. Donne-lui le double de ce qu'il demande, il exigera le triple. Cet esclavage doit cesser.

– Thèbes est une cité de paix, proclama Créon. Elle ne saurait entrer en conflit avec qui que ce soit. Et surtout pas Orchomène envers qui nous avons une dette.

– Une dette ? le reprit Alcide. Pour un accident malheureux survenu pendant une fête ? Que le père d'Erginos pourrisse dans l'Érèbe ! Qu'il serve d'ossements au bouillon des Parques ! Combien de générations devront s'acquitter d'une telle dette ? Tu prétends parler au nom de tous, ici ? Moi j'entends dehors ceux que tu t'apprêtes à saigner pour ton maître Erginos, et ce ne sont pas des chants, ce sont des cris de colère !

– C'est un scandale, s'étrangla Créon, qu'on arrête ce criminel !

Les gardes présents se dévisagèrent, peu pressés de se mesurer au fils d'Amphitryon, dont le discours touchait la corde de l'orgueil enfouie en eux.

– Eh bien ? s'étonna le monarque. J'ai parlé. Obéissez !

– Écoutez tous, harangua Alcide, je ne suis ni prince, ni conseiller. Je ne suis qu'un berger, rien d'autre. Le temps est venu pour les Thébains de relever le front et faire comprendre aux Minyens que leur emprise sur nous s'achève.

– Tu es fou ! s'exclama Créon dans un rictus en se rasseyant. Oui... Tu es vraiment fou. Voilà de belles paroles, mais ce ne sont pas des paroles qui vont arrêter les régiments d'Erginos.

– Nous n'avons pas de soldats, pas d'armée, nous autres, abonda un conseiller terrifié à l'idée de voir les lances minyennes pousser sous les remparts comme du blé de fer. S'ils attaquent, aucun de nous n'en réchappera !

– Vous avez peur de la guerre, constata Alcide. Mais de la perdre, ou de la gagner ?

– Avec quelles armes, hein ? le défia Créon.

À ces paroles, Alcide bondit sur les travées et entreprit de décrocher les boucliers et les lances qui par dizaines constellaient les murs pour les jeter sur le dallage avec tant de violence qu'il se fendit.

– Voilà les armes ! Elles sont partout. Chez vous, elles décorent les galeries, les places publiques et les temples. Elles achèvent de rouiller au fond des jardins. Elles n'attendent que les bras pour les brandir, et le souffle de Zeus pour les ranimer. S'il y a encore des hommes libres ici, des hommes qui n'acceptent plus de vivre sous le mépris et les crachats, alors qu'ils me suivent dans la plaine de Copaïs...

Amphitryon n'eut qu'un signe du menton à donner, et les nombreux fidèles qu'il comptait encore dans la garde royale dont il avait été général lui emboîtèrent le pas. Quelques instants suffirent pour vider la salle, tandis que des acclamations d'enthousiasme fusaient au-dehors.

La princesse Mégara trouva son père seul sur son trône, plus que jamais isolé dans la lumière finissante du jour.

– J'ai tout entendu, glissa-t-elle. Mieux vaut parfois se laisser emporter par le courant contre lequel on ne peut lutter, c'est toi qui m'as enseigné cela.

– Tu as raison, admit Créon. Si ces fous échouent, cela renforcera mon pouvoir, car Erginos me débarrassera d'Amphitryon et de son encombrant rejeton. Puis je négocierai. On peut toujours s'entendre avec les Minyens. Il suffit de parler d'or et d'esclaves. Dans le cas contraire...

Il n'acheva pas, et coula un regard soupçonneux en direction de sa fille.

– Dans le cas contraire, nous devrons nous réfugier à Orchomène... À moins que tu n'arrives à fléchir ce jeune fou... À lui faire admettre qu'il doit se rendre... Et nous éviter le pire, à moi comme à toi... Toi seule as ce pouvoir.

Mégara ne répondit rien. Elle avait d'autres projets en tête.

CHAPITRE 19

# VEILLÉE D'ARMES

Iphiclès avait sorti ses dés de leur bourse en peau, et comme à chaque fois qu'il désirait tromper son impatience, il les faisait rouler pensivement devant lui. Il n'était pas un guerrier dans l'âme, et l'inquiétude grandissait en lui à la pensée des heures terribles qui s'annonçaient. Curieusement, plus il faisait rouler les figurines d'ivoire sur la pierre posée devant lui, et plus son malaise s'accentuait. Aussi finit-il par se redresser pour contempler une fois de plus les silhouettes incertaines des Thébains accroupis dans la pénombre. Étrange bivouac que ce rassemblement nocturne et silencieux, où chacun combattait à sa façon ses peurs intérieures en attendant l'assaut tant redouté. Iphiclès reprit son poste de sentinelle, et il en fut bien inspiré car le bruit d'un char sur la route en contrebas attira son attention. Il saisit son javelot, la seule arme dont il savait à peu près maîtriser le maniement, et se porta au-devant de ce visiteur indésirable. Il ne fut pas peu surpris de découvrir la princesse Mégara qui arrêtait son attelage avec la sûreté d'un conducteur accompli.

– Tu ne devrais pas être ici, lança Iphiclès. C'est dangereux.

– Et toi, Iphiclès ? répondit la fille de Créon en abaissant le voile qui couvrait le bas de son splendide visage. Toi le penseur, toi le philosophe ? Tu te découvres un penchant de soldat ?

– Ma famille est ici, se défendit le fils d'Amphitryon, nos cousins, nos amis. Et mon frère. Selon toi, j'aurais dû rester au palais à attendre qu'Erginos lui fasse couper la tête, si généreusement promise par ton père ?

– Je ne suis pas mon père. Je dois parler à Alcide. Où est-il ?

– Sur les rochers, plus haut.

Abandonnant Iphiclès à son poste de guet, Mégara se fraya un passage parmi les Thébains en armes, rassemblés comme pour un rituel funéraire, tous parés à obéir comme un seul homme à l'ordre qui ne tarderait plus à fuser. La jeune femme n'avait jamais imaginé que ses compatriotes seraient capables, en si peu de temps, de se transformer en guerriers déterminés, à croire qu'une digue s'était brisée en eux, libérant une rancœur trop longtemps contenue. Elle aperçut Amphitryon qui tenait conseil avec quelques lieutenants, et qui se borna à lui dédier un regard chargé de méfiance. Elle n'en eut cure et retrouva Alcide accroupi au sommet d'un promontoire dominant la plaine de Copaïs, ainsi que l'avait prédit Iphiclès. Le menton appuyé sur le pommeau de sa massue, il contemplait d'un air songeur le vaste campement minyen installé en contrebas.

– Je sais qui t'envoie, et pour quelle raison, l'arrêta-t-il en entendant son pas léger dans son dos.

– Tu as l'ouïe fine, remarqua-t-elle en franchissant les derniers pas jusqu'à lui d'une démarche ondulante.

– C'est ce qui arrive quand on vit seul dans les montagnes pendant la plus grande partie de l'année. Au fond, j'en sais gré à ton père. Si je n'étais pas parti garder des troupeaux, bien des choses seraient restées obscures dans mon esprit. Il t'a demandé de me convaincre de me rendre ?

Mégara posa sa tête sur son épaule.

– Tu vois clair dans son jeu, seulement je n'ai pas l'intention de lui obéir. Tu sais ce que j'éprouve pour toi.

– Non. Je l'ignore. Après que je t'ai embrassée, tu n'as plus jamais voulu que je m'approche...

– Parce que je craignais que tu ne me brises la nuque !

Alcide trouva la force de rire.

– Je suis une brute, mais je sais ce que je te dois. Je sais que tu as fléchi ton père pour accélérer mon retour. Tu n'as pas fait là une bonne affaire. Regarde ce qui arrive. J'aurais mieux fait de rester sur le mont Hélicon. Là-haut, tout était si simple. À peine suis-je revenu parmi les hommes que tout est devenu trouble et compliqué.

– Créon se trompe. Il ne voit que son trône, son pouvoir, il est aveugle. Moi, je sais. Quelque chose vit en toi, quelque chose de singulier, que j'ai remarqué la toute première fois où je t'ai vu concourir sur le stade. Celle où tu t'es approché de ma litière pour me saluer. Ensemble, nous pourrions accomplir de grandes choses... Peut-être pourrais-tu négocier avec Erginos ?

Alcide ne répondit rien. Il scrutait obstinément la rive du fleuve Céphise en contrebas, piquetée des feux de camp ennemis. Mégara suivit son regard.

– Tu ne peux pas vaincre, Alcide, constata Mégara avec résignation. Que comptes-tu faire ? Vous êtes à un contre cinq, moins bien équipés, moins bien entraînés... Quand l'aube paraîtra, Auxo et ses régiments attaqueront.

Alcide se contenta de frapper le promontoire avec la pointe de sa massue, et écouta les vibrations qui remontaient à travers la pierre. Mégara en ressentit l'onde dans son corps tout entier.

– Les lions attaquent dans l'obscurité, nota le jeune guerrier. Ils n'attendent pas l'aube.

– Les dieux interdisent que l'on combatte la nuit. Ils prônent la trêve.

– Bien. Alors que les dieux me frappent. S'ils l'osent. Qu'est-ce que j'ai à perdre ?

Sur ces paroles, il sauta à bas de la saillie et s'arc-bouta contre la paroi en bandant ses muscles. Étonnée par sa tentative en apparence insensée, Mégara se pencha pour le dissuader.

– Tu es fou ? Tu ne penses quand même pas...

Alcide n'écoutait pas. Concentré sur son effort, il sentait la pierre bouger sous sa poussée. Autour de lui, la terre se fissura et Mégara considéra ce jeune sauvage à cheveux longs, vêtu de sa misérable tunique de berger, avec une admiration mêlée de terreur.

– Je me suis trompée, glissa-t-elle dans un sourire de prédatrice. Ce sont les Minyens qui sont en danger de mort.

CHAPITRE 20

# LE LIEUR DE CHEVAUX

Bardé de son armure de bronze, Auxo parcourait le campement en arborant son air le plus farouche. Sous couvert d'inspection des sentinelles, il désirait en fait passer sa mauvaise humeur, qu'attisait la douleur qui vrillait son oreille. Il passait donc entre les tentes en donnant des coups de pied dans les faisceaux de lances mal disposés, les bivouacs dressés sur le passage, grognant après quiconque osait défier son regard. Il arriva ainsi jusqu'aux confins du camp, là où la lumière des feux retombait comme flèches mortes dans le courant sombre du Céphise.

Il se tint bien droit sur cette ligne terminatrice, en défiant la pénombre de la plaine de Copaïs. Il lui tardait de voir le jour pointer. Il lui tardait de voir ces délicats Thébains se prosterner avec terreur devant ses chars. Il avait l'intention de faire payer cher l'outrage dont il avait été victime. Il supputait déjà le nombre d'esclaves qu'il emporterait, et aussi celui des maisons qu'il incendierait sans remords. Il imaginait Créon suppliant à ses pieds de lui laisser au moins son trône – ce qu'il ferait, car on ne tue pas la brebis qui donne le plus de lait – et aussi de quelle façon il imposerait sa brutalité à sa fille. Il imaginait mille tourments qu'il infligerait avant son départ, ainsi que l'on marque le bétail au fer rouge, quand une nappe d'eau vint lécher ses sandales.

Il recula machinalement pour rester au sec, mais un ruisseau se répandait désormais alentour, sans que rien paraisse devoir l'arrêter. Auxo pestait en essorant le bas de sa tunique quand un mur liquide écrêté d'écume se dressa soudain devant lui. Le temps pour lui d'ouvrir la bouche et il se trouva emporté à travers le campement. Une rumeur de panique se propagea parmi les tentes qu'emportait cette marée inattendue. Le Céphise avait quitté son lit et, en un rien de temps, la plaine fut transformée en marécage. Auxo n'avait eu que le loisir de s'agripper à un mât encore debout. Le niveau de l'eau montait dangereusement, éteignant les feux et noyant les armes. Par chance, un groupe de soldats désemparés passait par là ; ils durent accepter de le prendre sur leurs épaules pour le porter sur un talus encore émergé.

– Par Héra! s'écria le collecteur. Que s'est-il passé?

– Une avalanche de rochers a bouché le fleuve, seigneur ! répliquèrent ses hommes. Nous allons périr noyés !

Une pensée traversa alors l'esprit du Minyen tel un javelot enflammé.

– Les chevaux ! s'écria-t-il. Il faut sauver les chevaux !

Il rassembla tous les hommes qu'il trouva sur son chemin et se précipita vers la butte où, par sagesse, les équipages avaient été regroupés pour la nuit. Et c'est dans la lueur des torches qu'ils assistèrent à une scène qui les figea sur place. Un jeune homme au visage qu'on eût dit sculpté dans l'ambre, ses cheveux longs flottant sur ses épaules, avait lié les chevaux par des cordes et, d'une poigne de fer, les entraînait au pas de course vers l'autre extrémité de la plaine. Auxo et ses hommes mirent un certain temps avant d'accepter l'idée qu'un homme seul ait pu accomplir pareil prodige. Quand ils tentèrent enfin d'arrêter son forfait, une muraille de boucliers surgie de nulle part leur coupa la route. Des clameurs de loups furieux envahirent la nuit. Amphitryon, à la tête de son armée de bric et de broc s'interposait sur le versant de la colline. Désormais, les Minyens talonnés par les eaux voyaient leur seule issue se refermer devant eux. Auxo comprit qu'il n'y avait pas d'échappatoire. On ne pouvait combattre un fleuve, aussi se rua-t-il vers les javelots thébains.

Les glaives d'Orchomène se fracassèrent alors sur le rempart de bronze des Thébains. Solidement campée au sec, la ligne bien organisée d'Amphitryon repoussait sans pitié l'adversaire désuni dans le marais. Les archers de Thèbes eurent alors beau jeu de viser les ennemis enlisés dans la vase. Auxo lâcha prise et tenta de s'enfuir. Amphitryon le poursuivit comme il avait autrefois poursuivi Ptérélas le pirate. En dépit de son âge, il avait encore suffisamment de vaillance pour affronter un si redoutable adversaire. Les deux hommes se firent face et, tout embourbés qu'ils fussent, engagèrent le duel sans hésitation. Leurs glaives ripèrent dans la nuit, essaimant des gerbes d'étincelles au-dessus de l'eau noire. Les ennemis se moquaient de ce que son niveau montât dangereusement. Aveuglés par la haine, ils voulaient en découdre jusqu'à l'issue fatale...

Quand Alcide s'estima assez loin, il lâcha la bride aux pur-sang et les effraya tant par ses éclats de voix que leur troupeau préféra galoper vers la mer. Cette tâche accomplie, le jeune homme tira lentement sa massue de l'attelle qu'il portait dans son dos et retourna en courant prêter main forte aux siens. Il chargea comme un taureau furieux lâché dans une foule, emportant tout sur son passage, brisant quiconque osait se mesurer à lui. Ayant tracé un sillon sanglant dans le rang ennemi, il découvrit Auxo gravement blessé, enraciné dans une flaque de boue, et l'abattit d'un coup sans lui laisser le temps de prononcer une parole.

Ruisselant et ivre de rage, Alcide tourna ensuite sur lui-même, en quête de nouveaux rivaux, mais à sa seule vue, ce qui restait des cohortes d'Orchomène décampa dans la nuit nauséeuse.

– Alcide ! C'est père, il est blessé ! Viens vite !

Alcide n'entendit pas sur-le-champ ces paroles d'alarme, pas plus qu'il ne sentit d'abord la poigne insignifiante d'Iphiclès sur son bras. Puis un sentiment de souffrance alluma ses braises dans l'obscurité de son esprit.

– Quoi ? Père ? Où est-il ?

Iphiclès le conduisit jusqu'au sommet du promontoire, où Amphitryon avait été étendu sur son bouclier de guerre, celui-là même qui avait servi de berceau à ses deux enfants. Le Mycénien à la tunique détrempée grelottait de froid. Le froid de la mort, jugea Alcide, celui qu'il avait si souvent observé chez les brebis proches de la fin.

Il s'agenouilla auprès de son père pour soutenir sa tête avec une tendre dévotion.

– Nous allons te réchauffer, tiens bon. Tu ne peux nous abandonner. Nous avons la victoire, tu entends ? La victoire ! Qui aurait parié dessus, n'est-ce pas?

– Les Minyens..., articula Amphitryon. Ont-ils fui ?

– Ils sont anéantis, père.

– Auxo ? Je l'ai blessé, mais il m'a traîtreusement enfoncé son couteau. Chien de Minyen ! Il y a vingt ans, je l'aurais vu venir, mais...

– Ne pense qu'au triomphe que tu recevras à Thèbes à notre retour. Tu as été roi de Mycènes autrefois, un court moment... Tu deviendras le nouveau roi de Thèbes !

Amphitryon observa les étoiles qui transparaissaient entre les nuées.

– Je n'en aurai pas le temps, mon fils. Pas le temps. Autrefois, j'ai pourchassé Ptérélas et ses maudits pirates dans cette plaine. J'ai vengé l'honneur de ta mère. C'est étrange, mais j'ai toujours pensé que je terminerais ici. On raconte que Zeus a choisi Copaïs pour semer les premiers humains, parce que c'était un endroit fertile entre tous. Écoute... Je dois te parler... de choses importantes. Je n'ai que trop attendu. Trop gardé ce maudit secret...

Iphiclès eut le sentiment qu'il devait se retirer avec les autres. Par noblesse d'esprit, il jugeait ne pas avoir le droit de connaître certaines choses de ce passé obscur.

Resté seul avec Alcide, Amphitryon cligna plusieurs fois des yeux avant de trouver la force de laisser s'écouler ces paroles dont il rêvait de se soulager depuis près de vingt ans :

– Alcide, je sais que tu as perdu la mémoire de tes jeunes années, mais quand tu étais encore un nourrisson, c'est moi... C'est moi qui ai dû t'abandonner au loin... C'est à moi que tu dois ton errance, ta solitude, et ta vie dans la forêt. Je n'ai pas agi de gaieté de cœur. Il le fallait. Tirésias... L'oracle Tirésias me l'avait conseillé. Je devais te cacher aux yeux d'Héra, la reine des déesses. Elle a toujours été ton ennemie et a juré ta ruine et ta mort alors même que tu n'avais pas vu le jour. Tirésias avait dit vrai. Tout ce temps, tu as survécu, et tu nous es revenu. J'ai eu tant de joie à te revoir, à te recueillir, ce jour où Iphiclès t'a surpris dans le pommier... Et ce soir, j'ai éprouvé une telle fierté à combattre à tes côtés. Aux côtés de mon fils, oui, quoi qu'il en dise... Tu es bien mon fils. Tu le seras à jamais.

– Père, jamais je ne te soupçonnerai d'avoir mal agi. Je connais ta grandeur d'âme, ta sagesse. Je t'en prie, il faut...

– C'est un mot bien tendre, celui de père, coupa Amphitryon. Les cendres de mon père, à moi, ont été dispersées à Mycènes, voici bien longtemps, et je n'ai pu le pleurer. Seulement, Alcide... Je ne suis pas... Je ne suis pas ton véritable père.

– Qu'est-ce que tu dis là ?

– Ta mère elle-même a été trompée... De cette faute originelle, dont elle n'est pas coupable, nul ne sait ce qui sortira vraiment. Quand tu retourneras à Thèbes, consulte l'oracle Tirésias, car moi, je n'ai pas la force. J'aurais bien trop peur de l'invoquer... Seul Tirésias connaît la vérité, et le nom de ton vrai père.

Amphitryon laissa ces paroles s'envoler sur l'aile de son dernier soupir, et il ferma les yeux avec cette noblesse apaisée des héros qui arrivent sur le seuil de l'Érèbe, le royaume des morts.

Déconcerté par ce qu'il venait d'apprendre, Alcide resta agenouillé un long moment auprès de sa dépouille, jusqu'à ce qu'Iphiclès s'autorise à passer son bras autour de son épaule. Alors il s'abandonna au profond chagrin qui dévastait son cœur, en fermant les poings avec colère.

– Maudits Minyens, enragea-t-il. Maudits chiens qui ne pensent qu'à s'enrichir... Et je suis la cause de tout ça. Je regrette tellement...

– Tu n'es la cause de rien, jugea Iphiclès, et père ne voudrait pas t'entendre parler ainsi. C'est

Erginos qui a voulu la guerre. Je connaissais assez notre père pour te dire qu'il n'aurait pas voulu d'autre mort que celle-ci, sachant que nous avons délivré Thèbes de sa servitude.

– Pas encore, annonça Alcide. Non, rien n'est terminé.

Il se redressa pour contempler l'étendue de la plaine livrée aux eaux, que la première caresse de l'aurore parait de sinistres reflets de bronze. Pour l'heure, il préférait écarter de ses pensées la révélation du mourant.

– Rassemble les nôtres. Il n'est pas question que les Minyens se ressaisissent pour nous attaquer une fois leurs forces rassemblées. Nous marchons sur Orchomène.

Iphiclès ne trouva rien à redire. Il avait mesuré toute la science guerrière de son frère au cours des préparatifs de l'attaque. Comment il avait fait basculer les rochers instables dans le lit du fleuve pour provoquer la crue du Céphise et l'inondation du camp ennemi imprudemment dressé sur sa rive. Sur les traces puissantes de leur nouveau chef, les Thébains formèrent une colonne et s'enfoncèrent dans le pays minyen telle la pointe d'un fer rouge. Ils atteignirent les murailles d'Orchomène juste avant midi, et la seule vue de leur horde enragée sema l'effroi parmi les défenseurs de la citadelle.

Sans hésiter, Alcide se dirigea vers la porte principale sous un déluge de flèches que son bouclier détournait de leur but. Il entreprit de l'abattre à puissants coups de massue dont les terrifiants échos se répercutèrent dans toute la cité. La population paniquée sortit des maisons, les femmes serrant leurs enfants dans leurs bras, les hommes cherchant à fuir. Le vacarme tira Erginos en personne de son ombrageuse méditation. Quittant son trône, il partit s'enquérir en personne dans les couloirs de ce qui se passait et dut pour cela arrêter au vol des conseillers qui prenaient la fuite.

– Seigneur, annoncèrent-ils, nous sommes attaqués ! Ce sont des Thébains fanatiques !

– Auxo ?

– Notre armée a été anéantie. Auxo est mort.

– Que la garde fasse son travail ! Qu'elle les empêche d'entrer !

– Elle est impuissante, seigneur. Il y a à leur tête une sorte de géant à la force incroyable !

– Les flèches ricochent sur son corps sans le blesser, renchérit un second. Je l'ai vu de mes yeux.

À cet instant précis, un coup de tonnerre résonna dans toute la cité. La porte venait d'être abattue. Erginos dut s'accrocher à la rambarde de l'escalier pour ne pas défaillir. À présent, les rues s'emplissaient de cris d'alarme, et cette sinistre clameur remontait jusqu'à son palais. En un clin d'œil, la meute des Thébains envahit le parvis. Les guerriers, sublimés par l'incroyable avancée, forcèrent l'entrée du palais et se répandirent dans les galeries et les escaliers. Terrorisé, le roi minyen se barricada dans la salle du trône, dernier et dérisoire refuge. Là, il attendit de longues minutes, prostré sur son siège de monarque, s'efforçant de réprimer le tremblement nerveux qui parcourait chaque muscle de son corps. Un silence étrange suivit le fracas de l'invasion, au point que le roi pouvait entendre les battements de son propre cœur.

La porte qu'il avait pris grand soin de fermer plia lentement, avant de se briser comme une galette d'orge, et un jeune homme à demi nu, couvert de sueur et de poussière s'avança, une puissante massue à la main, qui lui inspira une frayeur mêlée de stupéfaction. Non, il n'avait pas devant lui un géant, et sa stature aurait pu se comparer à nombre de lutteurs. Il semblait même intimidé par le décorum de cette salle de conseil richement parée, et c'est d'un pas presque hésitant, l'œil captivé, qu'il arriva jusque devant lui, ses cheveux longs plaqués sur son visage d'adolescent.

– Tu es Erginos ? lança l'intrus sur un ton menaçant. Erginos qui revendique le pouvoir sur cette région d'Argos ?

– Je... Je suis le roi, admit le maître d'Orchomène.

– Ton père fut mortellement blessé autrefois, par accident, par un conducteur de char thébain ?

Erginos trouva dans ces manières à la fois rustres et humaines matière à reprendre un peu confiance.

– Mon père a été tué par une pierre lancée par un des tiens. Toi... qui es-tu ?

– Je m'appelle Alcide par ma mère. Je suis de la maison du prince Amphitryon, tué cette nuit par les tiens. Il était mon père. Nous partageons donc le même deuil. Une mort pour une mort. Donc, ta rancune contre Thèbes prend fin ce jour. Comme toi, je dois réclamer vengeance et réparation. Voici mes conditions. Ce soir, tu auras quitté la cité après avoir nommé un administrateur. Mon frère Iphiclès est un sage. Il s'acquittera de cette tâche.

– Mais... Tu ne peux pas... Je suis le roi !

– Tu es le vaincu, et le vaincu n'a rien à exiger, sauf s'il veut perdre la vie en plus de son trône. Avant de t'exiler, tu mettras ton armée sous le commandement du roi de Thèbes, et tu lui rembourseras les tributs que tu as prélevés indûment sur le trésor de la cité. En échange, je veillerai à ce que la plaine de Copaïs retrouve son aspect premier, car je ne veux pas priver Orchomène ni d'eau potable ni de récoltes. Il ne serait pas juste que ton peuple paie pour la folie de son tyran.

– Tu es un... Un vautour !

Alcide esquissa un sourire presque enfantin.

– Je t'aurais abattu pour une insulte, Erginos, mais j'aime les vautours. On les connaît mal. Ils ne mangent que leur nécessaire, prélevé sur des carcasses qui sans eux contamineraient les champs. Ils respectent leurs lois et ne dévorent pas leurs semblables.

Incapable de proférer la moindre parole, Erginos acquiesça lentement du menton, pénétré par l'évidence que la situation était sans issue, et qu'il devait être satisfait d'être encore en vie à cet instant. Car ce jeune guerrier face à lui, à l'allure si niaise, n'aurait eu guère de peine à la lui ôter.

Alcide se détourna de lui pour aller vers la fenêtre. Il dressa l'oreille.

Quelque part dans la ville, des trompes de victoire se mirent à résonner...

CHAPITRE 21

# LA FÊTE TRAGIQUE

– Père ! Le voici ! Voici Alcide !

Mégara n'avait eu de cesse de se préparer toute la journée pour le retour annoncé du jeune héros. Les servantes s'étaient relayées autour d'elle pour parfaire sa coiffure, rehausser l'éclat de ses yeux par les encres les plus raffinées importées d'Égypte. Elle avait choisi parmi des centaines de tuniques celle dont la moire rappelait les eaux profondes de la mer de Thessalie. Maintenant, elle agitait son bras en se penchant au balcon du palais, sans la moindre retenue, car depuis que la nouvelle de l'exploit s'était propagée, Mégara considérait son amoureux sous un jour tout différent. Cet Alcide si gauche et malléable qui s'avançait à présent sur le char d'Erginos sous des pluies de pétales pour prendre le trône et faire d'elle sa reine... Que pèserait-il entre les doigts effilés de la jeune princesse, quand viendrait le temps des grandes décisions pour la cité? Déjà, Mégara voyait s'accomplir son rêve le plus secret : devenir la maîtresse de Thèbes.

À ses côtés, Créon devinait probablement ses pensées et il esquissa un sourire de circonstance qui ressemblait fort à une grimace. La garde royale, celle qui aurait dû lui être entièrement dévouée, escortait ce berger comme elle l'eût fait d'une majesté, en marchant au pas cadencé et en donnant de la trompe. Le roi de Thèbes comprit à ce détail que le sort d'Erginos risquait de devenir le sien : abdiquer ou disparaître.

– Je crois que Thèbes s'est choisi un nouveau roi, estima-t-il avec amertume, et ma foi, tu lui offres un accueil des plus chaleureux.

– Allons, père, l'encouragea Mégara. Il est naturel de saluer un tel exploit. Tu n'as rien à redouter d'Alcide.

– Rien, vraiment ? fit mine de s'esclaffer Créon. La voix de l'amour t'empêche sûrement d'entendre celles, nombreuses, qui demandent déjà que je lui cède mon égide. Pendant toutes ces années, j'ai essayé de préserver la paix pour notre cité. Partout, Thèbes était devenue un modèle de neutralité. La victoire impensable d'Alcide a tout balayé. Il est vainqueur, et moi...

– N'as-tu pas toujours été là pour moi, père? Tu continueras après que je l'aurai épousé.

– Crois-tu?

– Il m'a toujours convoitée. Tu l'avais remarqué avant moi.

– Chère enfant, tu as tant de mal à masquer tes ambitions. Tu es impatiente depuis longtemps de prendre ma couronne, et tu as trouvé là un excellent moyen de l'obtenir sans attendre ma mort. Eh bien, sache que mon projet et le tien s'accordent. Parade donc aux côtés de notre nouveau héros, et récolte les miettes de sa nouvelle gloire. Amphitryon n'est plus, et avec lui le plus dangereux des prétendants. Quant à Alcide... Si j'ai encore une chance de faire alliance avec lui et sa bande de forcenés, un honorable mariage seul peut me l'offrir. Mais n'escompte pas que je livrerai mon trône sans résister.

Mégara soutint sans faiblir son regard soupçonneux où ne luisait plus aucun amour paternel.

– Je tiens comme toi à mes privilèges, affirma Mégara.

– Nous sommes d'accord, répliqua fielleusement Créon en chipant un grain de raisin sur un plateau d'argent. Nous ne parlons pas là d'amour, mais de pouvoir. Ces prochaines heures, nous devrons manœuvrer très subtilement, et qui sait, avec le secours d'Héra, au sortir de la liesse, nous gouvernerons toujours Thèbes.

– Héra ? D'où te vient cette affection subite pour la déesse ?

– Depuis le retour d'Alcide, je l'ai priée avec la plus extrême ferveur. J'ai sacrifié en son honneur des génisses blanches et je sais la déesse sensible à ce genre d'attentions. Qui d'autre qu'elle peut nous délivrer du fils maudit d'Amphitryon ? Mais préparons-nous à accueillir notre héros.

Le char d'Alcide s'était arrêté aux marches du palais, et il en descendit vêtu d'un riche khiton[1] de lin brodé d'or, prélevé sur le trésor d'Erginos, fermé par une broche sertie de pierres précieuses qui lui donnait une certaine allure. Ses longs cheveux rassemblés en chignon, il salua gauchement la foule qui se pressait sur le parvis, escorté par le seul Iphiclès.

– J'avais rêvé ce moment, confia Alcide dans un souffle en levant le bras sous les acclamations. Celui où je reviendrais après avoir été chassé comme un criminel. Celui où je pourrais parler au roi d'égal à égal.

– Tâche de te contenir, le modéra Iphiclès. Tu entres dans un autre monde. Méfie-toi des sourires de Créon, et plus encore de ceux de Mégara.

---

1. Longue tunique de cérémonie.

– Ah ! tu es meilleur conseiller que guerrier et je t'écouterai. Ne crains rien. Je n'ai confiance en personne, à part en ma mère, et en toi. Mégara m'apprécie, je crois... Mais je ne suis pas aveugle. Je devine qu'elle a d'autres projets en tête.

– Avoue. C'est elle que tu as étouffée autrefois en cherchant à l'embrasser ?

– J'en suis amoureux depuis la première fois qu'elle m'a approché au stade. Je sortais d'une joute. Elle m'a tendu une serviette pour m'essuyer. La propre fille du roi...

– C'est une faiblesse que d'être amoureux de la fille de son ennemi. Penses-y. En ce moment, Créon doit imaginer mille plans pour sauvegarder sa couronne. Il n'est pas fou. Il n'a qu'à se pencher pour constater que son peuple veut la donner à un autre.

– Créon ne pourra rien contre moi, assura Alcide. Ces gens sont mon meilleur bouclier. Nous avons mis près d'une heure depuis la porte tant il y avait de monde. J'ai peine à le croire !

– Tu es une tête folle. Quand la fête sera finie, nous devrons aider Mère à préparer les funérailles.

La mine d'Alcide s'assombrit.

– Oui... Qu'il est pénible d'avoir à fêter une telle victoire et pleurer notre père en même temps ! Nous lui rendrons tous les devoirs plus tard. Nous

nous devons d'abord à Thèbes, c'est ainsi qu'il l'aurait voulu.

Iphiclès partageait ce sentiment et il acquiesça avec une expression résolue. Depuis leur retour, il n'arrivait pas à se défaire d'un mauvais pressentiment, comme si, parvenu à grand-peine au sommet d'une montagne, le vertige du vide l'avait saisi. Et ce n'est pas sans appréhension qu'il suivit Alcide dans la salle du trône emplie de dignitaires et de membres influents de la cité. Des trompes aiguës s'élevèrent pour saluer leur entrée. Le conseil de la cité était réuni autour du trône royal, couvant d'un regard admiratif – et quelque peu craintif – le jeune berger mal dégrossi qui portait pour toute arme une masse primitive sanglée dans son dos. Nul n'oubliait que deux jours auparavant il menait encore des brebis à la pâture sur les pentes du mont Hélicon. Pourtant, chacun devait désormais faire bonne figure et sourire avec complaisance, car ils se trouvaient en présence du véritable maître de Thèbes.

Alcide s'inclina devant Créon royalement campé sur son trône. Celui-ci se leva, prit la couronne de myrte blanc qu'on lui tendait sur un coussin, et la posa sur la tête du héros.

– Par ce geste, noble Alcide, proclama le roi, vaillant héros, vainqueur d'Orchomène, je te nomme protecteur de la cité, et notre ami. Ton audace sera célébrée par des poèmes et des musiques. Afin de te prouver notre profonde reconnaissance et notre loyauté éternelle, afin de resserrer les liens entre la maison d'Amphitryon et celle de Créon, nous t'accordons pour épouse Mégara, notre fille.

Accompagnant ces paroles, Créon invita Mégara à avancer, ce que fit la jeune fille pâle, au regard brillant. Iphiclès décela dans son imperceptible hésitation un consentement qui devait moins à la passion amoureuse qu'au calcul politique. Cela, Alcide ne le vit pas, trop ébloui par la beauté de la jeune femme, et c'est avec un frisson qu'il reçut du roi cette main blanche, ferme et impatiente, qui se confiait à la sienne.

– Ainsi, enchaîna Créon, les fêtes de la victoire se conjugueront avec celles des fiançailles. Que l'on allume des feux aux quatre coins des remparts. J'ordonne que cette nuit soit celle des réjouissances et des jeux !

La nuit tomba sur Thèbes en liesse, et il ne fut pas une place, pas une rue où la victoire ne fut célébrée dans l'ivresse et le divertissement. Le palais lui-même devint une ruche fiévreuse, et ses couloirs des aires de jeux où glissaient les ombres des courtisanes. Dans la salle de banquet, les nobles de la cité nonchalamment étendus sur les couchettes disposées en espalier se repurent sans vergogne des mets les plus raffinés et vidèrent les amphores de vin de Crète. La peur devait se noyer dans les libations et Iphiclès lui-même, si sage, eut bientôt son content.

Indifférent à l'allégresse générale, Alcide n'arrivait pas à puiser la moindre joie au fond de son cœur. En dépit des attentions que lui portait Mégara installée à ses côtés, il finit par quitter sa banquette pour trouver un peu de solitude et de fraîcheur sur la terrasse délaissée par les convives. La première ivresse de la victoire passée, la mort d'Amphitryon pesait plus lourdement sur ses pensées, et les dernières paroles du défunt résonnaient à ses oreilles tel un glas lourd de sens.

À peine s'il sentit la présence de Mégara qui le rejoignait discrètement. Ils avaient juste échangé quelques paroles depuis que leur sort commun avait été scellé. Elle passa son bras sous celui de son fiancé et laissa s'installer un temps de grâce, suspendu dans la nuit. Une étoile filante traversa le ciel au-dessus d'eux, qu'Alcide suivit pensivement des yeux sans mot dire.

– Tu es triste ? s'inquiéta la fille de Créon. Alors même que ton nom est sur toutes les lèvres ? Tirynthe aujourd'hui, mais demain Argos, Sparte et Athènes entendront parler de toi. Alcide, de la maison d'Amphitryon... Le descendant de Persée !

– Mon père est mort au combat, et je n'ai pas pu l'empêcher, se borna à constater Alcide. Sa dépouille a été rapportée chez nous, et pendant que nous festoyons ici, ma mère le pleure dans la solitude. J'ai beau faire, je me sens si coupable... Ma colère est toujours la cause de catastrophes. Si je n'avais pas agressé ces maudits Minyens près du ruisseau, rien ne serait arrivé.

– Et Thèbes serait toujours une esclave au service d'Orchomène, tu y penses ? Ce que tu as accompli, les dieux l'ont voulu. Ce sont eux qui t'ont inspiré quand tu as versé les rochers dans le fleuve Céphise pour le faire déborder. Je te l'ai dit, Alcide. Je crois en toi. Je crois en ton destin à nul autre pareil...

– Je n'étais pas seul. Sans mon père, et tous les autres, nous n'aurions pas réussi. Et surtout, les Minyens n'imaginaient pas que nous attaquerions la nuit.

– Mon père a peur. Il n'a jamais oublié qu'il n'était pas le roi légitime de Thèbes, seulement un régent qui est parvenu à s'asseoir sur le trône...

Alcide s'écarta insensiblement d'elle.

– Je sais ce que tu essaies de me faire dire. Je ne compte pas devenir roi, ni chasser ton père du trône. Je deviendrais à mon tour un voleur, un tyran, et cela, il n'en est pas question.

– J'évoquais un fait connu de tous, enchaîna Mégara avec un air parfaitement innocent. N'importe qui pourrait revendiquer le trône pour peu qu'il soit suivi par le peuple, et plus encore... Par la garde royale. C'est ce que père redoute plus que tout.

Alcide partit d'un rire moqueur, amusé par une telle perspective.

– Moi, roi de Thèbes ? Négocier avec les autres cités ? Signer des traités et rendre la justice ? Moi ? J'ai vécu une partie de mon enfance dans la forêt au milieu des bêtes sauvages. Je sais mieux imiter leur cri que les discours politiques. Si tu veux un roi, prends Iphiclès. Il est bien mieux préparé à ce rôle.

– Pour tenir un égide, il ne suffit pas d'être intelligent, ni même éduqué, il faut connaître le cœur des hommes et savoir manœuvrer leurs sentiments. Et je t'en crois capable... Non seulement de diriger Thèbes, mais peut-être bientôt tout Argos si tu suis mes conseils.

– Oublie tes rêves, Mégara. Je n'ai pas l'intention de conduire Thèbes à la guerre. Ni de m'asseoir sur le trône.

Mégara effleura le torse du jeune homme de ses doigts habiles aux caresses.

– Pourtant, on raconte partout que tu ne peux être blessé, que tu es invincible car les flèches et les javelines rebondissent sur ta poitrine...

– Parce que je sais utiliser le bouclier dont Amphitryon m'a fait don. Pour le reste, je suis tout aussi vulnérable que le plus humble Thébain.

– Ce n'est pas ce qu'on raconte... Certains t'ont vu sous les remparts d'Orchomène.

Il la saisit puissamment par les épaules et elle ne put s'empêcher d'esquisser une grimace de douleur, vite réprimée dans le plus affable sourire.

– Comment peux-tu me souffler d'écarter ton propre père ? questionna-t-il. Toi, sa fille ? Cela, je ne peux pas le comprendre... J'aurais donné ma vie au mien, s'il me l'avait demandé.

Mégara s'éloigna aussitôt de lui, marquant bien par ce geste que cette réponse non souhaitée semait désormais la méfiance entre eux.

– Il ne s'agit pas de nous, Alcide, plaida-t-elle, il s'agit de Thèbes. Il s'agit du pouvoir, pour lequel les humains doivent se battre, pour lequel les sentiments familiaux n'entrent pas en compte.

– Qui l'a décidé ?

– Réfléchis bien. Tu peux être roi, et je peux être ta reine. Hors ces conditions, j'ai peur que notre union ne soit que pure imagination...

Alcide aurait voulu puiser des mots sensés, mais il n'avait pas les implacables tournures de phrase de cette admirable femelle aussi froide qu'une lame. Longtemps après qu'elle eut disparu derrière les voilages, il tourna et retourna ses propos qui écornaient son âme. La tentation était forte de suivre ses conseils. Qui l'empêcherait de prendre le pouvoir, au faîte de la gloire, lui, Alcide le Berger, le fils abandonné d'Amphitryon revenu au pays ? Tous étaient acquis à sa cause, et le conseil royal serait dans l'obligation de lui céder. Ne leur avait-il pas sauvé la vie, à tous ?

L'espace d'un instant, il se vit affalé dans une litière festonnée de soie, porté à travers les rues de Thèbes par des esclaves d'Athènes et de Sparte, satrape repu et ventripotent entouré de vases et de gobelets d'or. Un cortège de vierges somptueuses suivait sa procession mirifique et des musiciens chantaient sa gloire à tue-tête au son des flûtes... L'image le répugna tant qu'il en eut la nausée.

Un poing importun tambourina sur son épaule et il découvrit Iphiclès, fortement rougi par les libations, qui vacillait devant lui.

– Te voilà ! hoqueta son jumeau d'une voix avinée. Viens d... donc te joindre à nous ! J'ai été nom.. nommé roi du banquet, c'est moi qui veille à ce que nos hôtes ne manquent de rien. Viens ! J... Joins-toi à moi!

– Je n'y tiens pas, Iphiclès. D'ailleurs, tu es ivre.

– Ivre, moi ! Pas da tou. Je veux dire... pas du tout. J'ai vu passer Mégara. Savais-tu qu'elle avait une jeune sœur, jolie comme un cœur, et... Par Dionysos ! Je n'ai jamais été si épris de ma vie.

– La dernière fois que tu as été épris, Iphiclès, il s'agissait d'une lyre.

– Oui... Eh bien, c'est la même chose, vois-tu ? Cette fille, cette... Comment s'appelle-t-elle, déjà? Oui, Hémon... Hémon est une lyre... Une lyre merveilleuse dont j'aimerais tant... tant pincer les cordes.

– Tu es vraiment ivre, constata Alcide, partagé entre rire et compassion. Je viens d'avoir une autre vision de la nature des femmes, et crois-moi, j'ai entendu des brebis bêler de façon plus agréable. Je t'accompagne à l'intérieur avant que tu ne fasses des bêtises. Demain sera un jour de deuil, ne l'oublie pas.

Iphiclès acquiesça mollement. Ce rappel eut le don de ramener un peu de raison dans son esprit embrumé.

– Oui, admit-il, nous devrions être auprès de mère... Tu as raison. Pleurer notre père. Et nous le pleurerons, oui, jusqu'à la dernière larme de nos corps.

Alcide saisit discrètement son frère par la taille et le raccompagna dans la salle surchauffée, jonchée de ripailleurs à demi ivres et désormais parcourue d'acrobates et de jongleurs. Cette débauche lui fit soudain horreur et il se dirigeait vers la sortie quand une femme superbe aux atours sombres se présenta devant eux. Alcide ne l'avait jamais vue auparavant, et elle semblait avoir surgi parmi les convives comme une vision de rêve. Ses longs cheveux frisés cascadaient comme serpents sur ses joues blanches d'une beauté si absolue qu'aucun sculpteur n'aurait été capable de rendre leur perfection de marbre. Ses lèvres pourpres ébauchaient le plus charmeur, le plus envoûtant des sourires et, malgré lui, Alcide se figea pour la contempler.

– Toi, le plus noble héros de Thèbes, le harangua cette déesse, celui que les bouches acclament, celui que l'on dresse déjà comme le futur maître d'Argos, bois à ma coupe afin d'y cueillir le baume de tes souffrances passées, et la récompense de tes victoires à venir.

Dans un brouillard, Alcide vit la main blanche qui lui tendait une coupe d'argent emplie à ras bord d'un nectar si pourpre qu'il virait au noir. En dépit de l'envie soudaine d'y tremper les lèvres, il résista et secoua la tête.

– Je ne bois pas de vin, déclina-t-il. J'ai perdu la mémoire de mes souffrances passées, et pour ce qui est de mon avenir, je m'en remets à Zeus.

– Si tu bois, insista l'ineffable créature, c'est cet avenir que tu pourras déchiffrer aussi clairement que ton reflet dans une eau claire.

Comme il hésitait encore, Héra se rapprocha de lui, et la seule proximité de sa joue finit par convaincre le jeune homme.

– Une seule goutte, alors.

Alcide tendit ses doigts vers ce calice offert sur ce sourire auquel aucun homme sur terre n'aurait su résister. Il but une gorgée et cligna des yeux, pris de panique. Il n'avait plus devant lui cette reine magnifique mais une vieillarde voûtée, au visage affreux piqué de verrues, qui agitait ses oripeaux souillés dans un éclat de rire. Il voulut la saisir mais un brouillard épais parcouru d'éclairs s'abattit devant ses yeux, en même temps qu'une brûlure lui dévora l'estomac. Il s'entendit pousser des grognements de bête tandis qu'il tournait sur lui-même, pris d'un accès de rage qu'aucun apaisement n'aurait pu étouffer. Il repoussa brutalement Iphiclès, balaya de ses bras les litières à portée, en jeta les invités à terre avec une fureur terrifiante. Paniquées par son accès soudain, des sentinelles tentèrent de le maîtriser, mais il les renvoya sur le dallage comme une bourrasque d'hiver emporte les branches mortes. Il se rua alors aux quatre coins de la salle, frappant de ses poings quiconque se mettait en travers de sa route. Les convives poussèrent des cris aigus et fuirent par toutes les issues possibles en répandant la nouvelle de sa folie. Médusés, Créon et sa fille observèrent ce déchaînement pathétique... Alcide se retourna vers eux, la bave aux lèvres, et il les aurait probablement saisis entre ses mains s'ils n'avaient eu la présence d'esprit de courir vers leurs appartements pour s'y retrancher. L'oreille collée au battant de la porte, Créon attendit un long moment, le souffle court, jusqu'à ce que le silence revienne.

Quand tout fut consommé, un sourire satisfait reparut sur ses lèvres et il défia Mégara réfugiée derrière les voilages.

– Héra soit louée. Voilà une chose que je n'aurais jamais imaginée. Alcide vient de se détruire lui-même. Demain, toute la cité le craindra comme la pire des menaces. Et toi, Mégara, ce sont tes rêves de grandeur qu'il vient de briser. Regarde. Tu as devant toi le roi de Thèbes pour encore de longues années.

CHAPITRE 22

# LES PAROLES DU SAGE

Alcide ne ressortit du palais qu'au petit matin, titubant sur le parvis jonché de pétales flétris. À peine si ses jambes le soutenaient, et il se dirigea vers une fontaine pour s'asperger le visage. Le reflet dans l'onde lui renvoya un visage blême aux yeux rougis encadré de cheveux hirsutes, une caricature de lui-même qu'il se prit à détester au point de frapper la surface de l'eau à la façon d'un enfant en colère. Il s'appuya de ses deux poings sur le rebord de la margelle, invoquant les dieux. Son beau khiton déchiré était à l'image de tout son être. Où chercher refuge après pareille honte, pareil scandale ? Il n'en connaissait qu'un seul, et prit en vacillant le chemin qui le ramenait chez ses parents.

Les rares Thébains qui l'aperçurent s'enfuirent précipitamment. Les portes se fermèrent sur son passage et c'est à travers la cité déserte qu'il regagna la maison d'Amphitryon. À sa vue, les serviteurs détalèrent et Alcide ressentit douloureusement cet opprobre.

– Mère ? Iphiclès ? appela-t-il d'une voix plaintive.

Il n'obtint aucune réponse et se réfugia dans le verger, afin d'y trouver la fraîcheur et le réconfort qui l'y avaient toujours attiré. Il aperçut son frère qui méditait sur le banc de pierre, la tête basse, les cheveux en bataille et la figure boursouflée. Du sang avait séché au coin de sa bouche. Il jeta un regard noir au nouvel arrivant.

– Si tu m'approches, je me défendrai, prévint-il.

– Je... Je n'étais pas moi-même, Iphiclès. J'ai été empoisonné. À peine si je me rappelle...

– Tu n'es qu'une bête, un animal violent, coupa Iphiclès. Je ne veux plus rien avoir affaire avec toi.

– Mon cher frère... Tu es l'homme que je préfère au monde. Jamais je ne t'aurais fait le moindre mal, si cette femme... C'est elle qui m'a fait boire sa potion frelatée...

– Quelle femme, Alcide ?

– Mais... tu étais à mes côtés. Tu l'as bien vue aussi, non ? Une femme superbe, qui l'instant d'après n'était plus qu'une vieille aussi laide que...

– Il n'y avait personne, l'interrompit Iphiclès, ce dont tu parles, tu es le seul à l'avoir vu. Le seul à l'avoir sûrement imaginé. Tu te rends compte ? Tu as frappé tous ceux qui étaient venus fêter ton triomphe, et peut-être demain te proclamer roi ! Créon a dû se barricader avec sa fille par crainte de tes coups. Thèbes tout entière est terrorisée. Ton accès de fureur a détruit toute la confiance et l'admiration que la cité avait pour toi. Et la mienne. Pars, Alcide. Rien de bon ne peut sortir de ta présence. Quitte cette maison, où je regrette maintenant de t'avoir accueilli autrefois. Tu as apporté trop de malheurs. Tu n'es plus mon frère, si tu l'as jamais été.

Sur ces paroles blessantes, Iphiclès se leva vivement et rentra.

Alcide ne voulut pas en rester là. Il avait à cœur de se justifier. L'opinion de Thèbes lui était indifférente, mais celle de sa famille comptait trop à ses yeux pour qu'il puisse admettre de partir sans explication. Il courut à la poursuite de son frère sous les arcades et trouva enfin sa mère au fond du patio où elle avait coutume de tisser. Drapée dans une tunique de deuil, un voile recouvrant son front, Alcmène était assise devant la machine silencieuse, les yeux dans le vague et les bras ballants. Elle devina la présence de son fils dans l'ombre, qui n'osait se signaler par crainte de sa réaction.

– Ton père aimait l'automne, lança-t-elle d'une voix morne, sans que j'aie jamais su pourquoi car ce n'est pas la saison la plus favorable. Ni celle des beaux jours, ni celle des moissons... Quand nous étions jeunes à Mycènes, il me rendait fréquemment visite pour me déclamer des poèmes de son invention qui parlaient du changement des saisons. Celui sur l'automne était toujours le plus beau. Et voici que les feuilles quittent les arbres, que les fleurs se fanent, et il n'est plus là pour les chanter.

– Mère, je suis tellement désolé. Je suis la cause de tout. Je voudrais te dire que j'ai été entraîné par les événements, qu'une ennemie sans pitié me poursuit depuis toujours, mais non... Quand je réfléchis, je suis bien seul responsable de mes erreurs. C'est un sang noir, celui qui coule dans mes veines. J'ai un orage à la place du cœur. Un rien le déchaîne sans que je ne puisse rien y faire. Iphiclès a raison. Je ne suis pas digne de vivre ici, ni d'être ton fils.

Alcmène se tourna lentement vers lui. Ses joues blanches portaient la marque de ses coulées de larmes.

– Ne dis pas cela, lui intima-t-elle. Tu n'es pas comme les autres, Alcide. Pour certains, le parcours de la vie est lisse et souriant, pour d'autres, il est semé de ronces et d'embûches. Pour toi, j'ai peur qu'il ne soit pour toujours solitaire. Assiste à la cérémonie funéraire. Rends un dernier hommage à ton père. Puis quitte Thèbes pour n'y plus revenir.

Alcide baissa la tête. Quelle autre condamnation pouvait l'atteindre plus que celle-ci?

– Je n'ai pas d'autre choix ? L'exil, encore?

– Si tu restes, les gens ne verront plus en toi le héros qui a brisé leurs chaînes, mais un nouveau tyran capable d'user à tout instant de sa force. Compte sur le roi Créon pour répandre à ton sujet toutes sortes d'abominations. Tu seras non seulement craint, mais aussi détesté. Il m'en coûte de te dire cela, mais tu sais au fond de toi que c'est la seule bonne décision à prendre.

Alcide chercha un argument qui viendrait démontrer l'erreur de cette sentence, mais il n'en trouva aucun. À bout de forces, il marmonna :

– Et Mégara ? Le roi me l'a officiellement donnée pour fiancée... Qu'est-ce que je dois faire ?

– Créon est un politicien qui sait profiter de chaque tournure d'événement pour rester à flot. Il a déjà décrété que la noce était annulée de fait. En un instant, tu as ruiné ton destin et servi le sien. On ne peut revenir en arrière.

– Je suis amoureux de Mégara, mère... J'ai beau me raisonner... me dire qu'elle est dévorée par l'ambition tout autant que son père... Je n'ai qu'à me rappeler la douceur de son épaule sous mes doigts, de son front sur ma poitrine pour brûler tout entier, et voilà que je brûle tout entier. Tu comprends ce que je veux dire, n'est-ce pas? Je ne sais pas composer de poèmes, ni gratter de la lyre, mais l'image de Mégara me poursuit nuit et jour. Je ne rêve que de caresser sa joue, voir son sourire, et...

– Éloigne-toi d'elle sans regret, trancha Alcmène. Elle t'aurait entraîné sur des pentes infernales. Je te donne ce conseil en tant que mère, mais c'est à toi que la décision appartient : pars.

Alcide hocha la tête.

– Permets-moi de me retirer. Je veux réfléchir.

Il s'enferma dans un réduit où l'on entassait les jarres d'huile et referma la porte sur lui. Il demeura durant des heures dans le noir, les yeux mi-clos, cherchant à mettre de l'ordre dans ses pensées, loin de la fureur du monde. L'avenir lui paraissait telle une mer déchaînée dans laquelle il devrait plonger coûte que coûte en faisant taire ses peurs. Le soir venu, le fils d'Alcmène se décida à quitter sa retraite, et sa haute stature paraissant sur le seuil des cuisines fit s'enfuir comme volée de moineaux les servantes qui œuvraient au souper. Il coupa par les jardins et quitta la maison tel un voleur, en évitant d'être vu. Il descendit la ruelle qui menait sur l'arrière du temple de Zeus, sans se douter que son père, dix-huit ans plus tôt, avait suivi cet itinéraire dans le même but.

Consulter le devin Tirésias.

À cette porte discrète où se présentaient ceux qui désiraient parler au vieillard confident des dieux, il fut accueilli par une prêtresse qui semblait attendre sa visite. Seules quelques vasques jetaient une clarté trouble dans le sanctuaire déserté à cette heure tardive. Il trouva le célèbre aveugle adossé à un pilier, picorant parmi les plats de fruits déposés en offrande. Ses joues s'étaient encore creusées, ses cheveux s'étaient clairsemés, au point qu'Alcide eut l'impression qu'il se présentait devant un spectre. L'intensité des yeux vides luisant dans le noir le mit si mal à l'aise qu'il hésita à s'avancer.

– Assieds-toi en face de moi, l'appela Tirésias. Aurais-tu peur ? Toi ? Le vainqueur d'Orchomène, le lieur de chevaux ? Le briseur de chaînes ?

Quelque peu intimidé, le jeune homme obtempéra.

– Comment sais-tu que c'est moi ? Est-ce que tu n'es pas aveugle ?

– Le soir de ta naissance, ton père m'a fait la même remarque. Le pas de ton père m'était familier, et le tien m'est étranger. Je suis bien aveugle, et c'est par d'autres voies que j'ai appris que tu viendrais me consulter après le crépuscule. Tu as beaucoup réfléchi, semble-t-il... Comment était-ce, Alcide ?

– De quoi parles-tu ?

– De la gloire, enfant ! De cette heure de gloire après laquelle tout être humain soupire... Quel effet cela faisait-il de voir des inconnus t'acclamer, jeter des fleurs sous tes sandales, des filles se pâmer au passage de ton char ? Quel effet cela faisait-il d'entendre le roi te traiter en égal jusqu'à t'offrir sa propre héritière ?

– L'effet d'un rêve qui passe, sage aveugle, que l'on quitte avec soulagement, en s'étonnant de l'avoir un jour souhaité.

La réponse parut émouvoir le vieillard, car tout sourire disparut de son masque énigmatique. Sa main repoussa le plat de fruits.

– Je suis un vieil homme, qui ne tardera plus à rejoindre l'Érèbe. Les dieux m'ont parlé et promis une sorte d'éternité, là-bas, dans le royaume des ombres. Est-ce que ce sera différent d'ici ? Je n'en suis pas certain...

Il laissa en suspens cette curieuse prémonition avant d'enchaîner :

– Amphitryon t'a parlé avant sa mort, n'est-ce pas ? C'est lui qui t'a conseillé de me consulter, et tu es venu pour connaître le terrible secret de ta naissance.

– Il m'a appris qu'il n'était pas mon père, qu'il avait été contraint de me perdre dans la forêt alors que je n'étais qu'un enfant, que toi, tu savais tout... Le nom de mon vrai père est-il si terrible qu'il n'ait pas osé le prononcer ?

– Un prodige s'est accompli autrefois dans ta maison, déclara Tirésias sur un ton grave. Alors qu'Amphitryon était au loin, un autre a rendu visite à ta mère en prenant son apparence pour mieux la duper. Deux jumeaux sont pourtant nés de la belle Alcmène, qui jamais ne décela la supercherie, bien qu'ils ne se ressemblent guère. Par un mystère inconcevable de la nature, Iphiclès est le fils légitime d'Amphitryon. Toi, Alcide, tu es le fils de l'autre.

– Qui était-il ? Et si Amphitryon connaissait son identité, pourquoi ne l'a-t-il pas tué pour sa fourberie ?

– Parce que ce n'était pas un homme qui rendit visite à ta mère, mais un dieu.

Sur ces paroles, Tirésias leva son regard sans vie en direction de l'imposante statue du Zeus agenouillé, qui, foudre au poing, les surplombait dans la pénombre. Alcide sentit sa gorge se dessécher en pressentant la vérité.

– Voyons... Vieux fou, tu délires ! Cela ne se peut pas !

– Zeus a semé jadis des hommes dans la terre, mais il a toujours été mécontent de la rudesse de leurs actions, de leur passion forcenée pour la guerre et les plaisirs. Il a toujours rêvé d'un homme nouveau, semé par lui dans le ventre d'une femme mortelle, en espérant le voir guider le reste de ses semblables vers un véritable idéal. Toi, Alcide, fils de Zeus, tu es pour partie mortel, et pour partie divin. Ta force, ton endurance, ton invincibilité, tu les tiens du lait d'Héra que ton père t'a fait boire autrefois, à l'insu de la déesse. Aucune arme humaine ne pourra jamais te blesser. Quant à ton nom, ton véritable nom... Il est au palais de l'Olympe une salle secrète dont le sol a été frappé naguère par un éclair de foudre. C'est là que Zeus l'a gravé, en attendant qu'il soit tien.

Alcide fut parcouru d'un frisson glacé. Il regarda autour de lui, comme s'il avait la prescience de mouvements furtifs dans l'ombre.

– Quel est ce nom ?

– Je ne peux te le révéler avant que tu n'acceptes de le porter. Car il s'agit là d'un choix. Tu es au croisement de deux chemins: accepte ce nouveau nom, et tu suivras une voie ardue semée de dangers et de traîtrises. Refuse-le, et Alcide poursuivra son chemin... Où qu'il le conduise. Oui, un choix. Un terrible choix.

– Que deviendra Alcide, dans ce cas ? s'efforça d'ironiser le jeune homme.

– Il quittera Thèbes pour errer par les chemins comme il l'a déjà fait. Il deviendra voleur, assassin, tyran... Qui sait ? Mais cela ne sera pas...

– Pourquoi en es-tu si sûr ?

– Parce que Zeus en est sûr. Je ne suis que son humble interprète.

Alcide se remit sur ses pieds et se planta devant la statue du dieu. La vérité se faisait progressivement jour en lui, et des bribes de souvenirs se formèrent dans sa mémoire, qu'il avait crus occultés à jamais. N'avait-il pas toujours su ?

– Dans quel but ? À quoi me destine-t-il ?

– Je l'ignore, enfant. Il n'est pas certain que Zeus, dans toute sa majesté, ait une idée précise des conséquences de ses propres actes.

Alcide sonda le regard du dieu de pierre posé sur lui et crut un bref instant y déceler une lueur de vie.

– Quel est mon nom ?

– Ce nom glorifie ta pire ennemie, enfant, répondit l'aveugle. Pourtant, il est destiné à devenir la gloire du genre humain et à se perpétuer au-delà des âges. Tu t'appelles... Hercule. *La Gloire d'Héra.*

– Hercule..., entérina le fils de Zeus avec un rictus. Et que fera cet... Hercule ?

– D'abord, il se rendra à Delphes pour y consulter la Pythie, maîtresse des oracles. Elle seule est à même de lui prescrire comment recouvrer la dignité après toutes les fautes qu'il a commises. Sa sentence sera lourde, probablement, mais Hercule devra s'y soumettre et l'accomplir jusqu'au bout. Oui, il devra tout accepter, tout endurer sans se plaindre : les pires humiliations, les pires souffrances, afin de découvrir la voie des justes et accomplir son destin. À présent, tu sais.

*

L'exilé se fraya un passage à travers la foule, couvert des pieds à la tête d'un vil manteau de laine, dont aucun mendiant n'aurait voulu se couvrir. Il courba ses épaules, afin que sa haute taille ne le trahisse, et, tête baissée, s'approcha au plus près du bûcher élevé à plusieurs mètres du sol, sur lequel reposait le corps de son père adoptif. Les prêtres tendirent une torche à Iphiclès, qui était en charge d'accomplir l'acte définitif. Le fils d'Amphitryon, la mine défaite, accablé par la gravité du geste à accomplir, vacilla un instant, avant de se ressaisir. Il transperça de son tison les fagots gorgés d'huiles parfumées, et les flammes, timides d'abord, s'élevèrent en un crépitement aussi soudain que hargneux autour de la dépouille du Mycénien.

Le banni éprouva un serrement de cœur. Il eut un mouvement vers son frère pour le secourir dans sa douleur, vers sa mère, ombre crépusculaire chargée de voiles, qui se lamentait au pied du brasier, mais la raison lui conseilla de rester parmi les gueux. Invisible. Déjà absent.

– Amphitryon, invoqua-t-il à voix basse, tu es mon vrai père, et je te garderai toujours dans le temple de mes pensées les plus chères. Tu en seras le pilier qui confortera toutes les autres, le seuil de granit où s'échoueront les déceptions et les leurres. Veuille qu'Hadès t'accorde un séjour heureux dans les profondeurs de l'Érèbe. Qu'il permette à ta conscience d'une honnêteté parfaite de s'absenter parfois pour éclairer mon pauvre esprit. Si je suis pour partie dieu, je suis un sot pour l'autre moitié. Aide-moi, père, mon seul père.

Un tambour martelé d'une main sèche et inexorable emplit le silence alourdi de deuil. Une pluie fine troubla la nuit et calma l'ardeur des flammes. Chancelante, la noble Alcmène fut éloignée par ses servantes et Iphiclès l'accompagna en digne héritier de la maison d'Amphitryon. La foule se dispersa et l'exclu resta seul. Aux premiers rayons de l'aube, alors que le brasier n'était plus que cendres, il se retira comme quelque animal étrange échoué par hasard en ce lieu de chagrin. Il tourna ses pas vers le nord, dans la direction de Delphes, suivant la route indiquée par les ombres nées du levant.

Il allait vers son châtiment.

Car il avait déjà choisi son nom.

# TABLE

CET OUVRAGE
A ÉTÉ ACHEVÉ D'IMPRIMER
PAR L'IMPRIMERIE NIIAG
À BERGAME (ITALIE)
EN MARS 2011

N° d'édition : L.01EJEN000532.N001
Dépôt légal : avril 2011